COLLECTION FOLIO

Philip Roth

L'habit ne fait pas le moine

précédé de

Défenseur de la foi

Traduit de l'américain par Céline Zins

Gallimard

Ces nouvelles sont extraites de *Goodbye, Colombus* (Folio n° 1185).

Philip Roth est né à Newark aux États-Unis en 1933. Il vit dans le Connecticut.

Son premier recueil de nouvelles, *Goodbye, Colombus*, dont sont extraits ces textes, lui vaut le National Book Award en 1960. En six nouvelles truculentes, Roth démonte les rapports de la société américaine avec le monde juif. Après *Portnoy et son complexe*, monologue drolatique, Philip Roth donne vie en 1979 à son double littéraire, Nathan Zuckerman, dans *L'écrivain des ombres*, premier volet d'une trilogie. Zuckerman, encore écrivain en herbe, hésite sur sa destinée littéraire avant de publier un livre à scandale. Ses aventures continuent en 1981 dans *Zuckerman délivré* où l'écrivain est poursuivi par ses personnages de roman qui l'accusent de leur avoir volé leur vie. En 1983, *La leçon d'anatomie* clôt le cycle de Zuckerman qui tente désespérément d'échapper à son œuvre scandaleuse. Mais il refait une apparition dans *La contrevie* en 1987, puis dans *Pastorale américaine* pour lequel Roth reçoit le prix du Meilleur Livre étranger en 2000 : Zuckerman retrouve après trente-six ans Seymour Levov, l'athlète fétiche de son lycée de Newark. Toujours aussi splendide, Levov l'invincible, le généreux, l'idole des années de guerre, le petit-fils d'immigrés juifs devenu un Américain plus vrai que nature. Mais il y a Merry, la fille rebelle ; avec elle surgit dans cet enclos idyllique le spectre d'une autre Amérique en pleine convulsion, celle des années soixante... La dernière apparition du double de l'écrivain a lieu dans *J'ai épousé un communiste*, en pleine tourmente du maccarthysme.

Passant de l'imprécation au lyrisme, du détail au panorama sans jamais se départir d'un fond de dérision, les œuvres de Philip Roth sont une somme qui, dans son ambiguïté vertigineuse, restitue l'épaisseur de la vie et les cicatrices intimes de l'Histoire.

Découvrez, lisez ou relisez les livres de Philip Roth :

PORTNOY ET SON COMPLEXE (Folio n° 470)

GOODBYE, COLOMBUS (Folio n° 1185)

MA VIE D'HOMME (Folio n° 1355)

PROFESSEUR DE DÉSIR (Folio n° 1422)

LAISSER COURIR (Folio n° 1477-n° 1478)

LE SEIN (Folio n° 1607)

QUAND ELLE ÉTAIT GENTILLE (Folio n° 1679)

ZUCKERMAN ENCHAÎNÉ (Folio n° 1877)

LA CONTREVIE (Folio n° 2293)

PATRIMOINE (Folio n° 2653)

TROMPERIE (Folio n° 2803)

OPÉRATION SHYLOCK (Folio n° 2937)

LE THÉÂTRE DE SABBATH (Folio n° 3072)

PASTORALE AMÉRICAINE (Folio n° 3533)

LA TACHE (Folio n° 4000)

LA BÊTE QUI MEURT (Folio n° 4336)

PARLONS TRAVAIL (Folio n° 4461)

LE COMPLOT CONTRE L'AMÉRIQUE (Folio n° 4637)

UN HOMME (Folio n° 4860)

Défenseur de la foi

En mai 1945, quelques semaines seulement après la fin des combats en Europe, je fus rapatrié aux États-Unis où je passai les derniers mois de la guerre dans une compagnie d'instruction à Camp Crowder, dans le Missouri. Nous avions traversé l'Allemagne si rapidement au cours de l'hiver et du printemps que lorsque je montai à bord de l'avion en cette matinée pluvieuse à Berlin, je ne pouvais croire que nous allions nous diriger vers l'ouest. Ma raison pouvait m'indiquer le contraire, mais il y avait une inertie en moi qui me disait que nous volions vers un nouveau front où nous débarquerions et continuerions notre poussée vers l'est — toujours vers l'est, jusqu'à ce que nous ayons fait le tour du globe, défilant à travers les villages dont les rues pavées et tortueuses seraient remplies d'ennemis nous regardant prendre possession de ce qu'ils avaient considéré comme leur jusqu'à présent. J'avais suffisamment changé en deux ans pour ne plus être sensible au tremblement des vieillards, aux pleurs des tout-petits, à la crainte incertaine dans les yeux autrefois arrogants. En deux ans, j'avais eu la chance de me forger un cour de soldat d'infanterie, lequel, comme ses pieds, commence par enfler et faire souffrir, puis finit par devenir suffisamment calleux pour lui permettre de parcourir les chemins les plus inquiétants sans rien sentir.

Le capitaine Paul Barrett devait être mon supérieur immédiat à Camp Crowder. Le jour où je me présentai, il sortit de son bureau pour me serrer la main. Il était petit, bourru, vif, et au-dehors comme au-dedans, il portait toujours son casque léger bien astiqué enfoncé jusqu'aux yeux. En Europe, il avait reçu une sérieuse blessure à la poitrine et gagné ses galons : il n'y avait que quelques mois qu'il avait été rapatrié. Il me parla avec aisance, mais devait être, pensai-je, inutilement grossier avec la troupe. Au rassemblement du soir, il me présenta.

— Messieurs, lança-t-il, le sergent Thurston, comme vous le savez, a quitté notre compagnie. Votre nouveau sergent-chef est le sergent Marx que voici. C'est un vétéran du front européen et par conséquent ne se laissera pas emmerder.

Je veillai tard ce soir-là dans la salle de rapport, essayant sans grande conviction de résoudre l'énigme des tableaux de service, des formulaires et des rapports. Le responsable de quartiers dormait par terre, la bouche ouverte. Une recrue lisait le service du lendemain, qui était affiché sur le tableau directement à l'intérieur de la contre-porte. C'était une soirée chaude et je percevais le son de la musique de danse émise par les postes de radio dans les chambrées.

La recrue qui, je le savais, n'avait cessé de me regarder tandis que j'examinais distraitement les formulaires, finit par faire un pas dans ma direction.

— Hé, sergent... on va avoir une GI party demain soir ? Une GI party, c'est un nettoyage de caserne.

— Elles ont lieu le vendredi soir d'habitude ?

— Oui ; puis il ajouta mystérieusement : C'est ça toute l'histoire.

— Alors vous aurez une GI party.

Il se détourna et je l'entendis marmonner. Ses épaules bougeaient et je me demandai s'il pleurait.

— Quel est votre nom, soldat ? demandai-je.

Il me fit face, pas du tout en larmes. Au contraire, ses longs yeux étroits, tachetés de vert, brillaient comme poissons au soleil. Il s'approcha et s'assit sur le bord de mon bureau.

Il tendit une main : « Sheldon », dit-il.

— Tenez-vous sur vos jambes, Sheldon.

Descendant du bureau, il dit : « Sheldon Grossbart. » Il sourit plus largement à l'intimité dans laquelle il m'avait entraîné.

— Vous êtes contre le nettoyage de caserne le vendredi soir, Grossbart ? Nous ne devrions peut-être pas avoir de GI parties… nous devrions peut-être prendre une bonne.

Ma voix me surprit : on aurait dit la marionnette d'un ventriloque-adjudant.

— Non, sergent. — Il devint sérieux,

mais d'un sérieux qui semblait n'être que l'étouffement d'un sourire. — Juste les GI parties du vendredi soir, parmi tous les jours...

Il se glissa de nouveau vers le coin du bureau — ni tout à fait assis, ni tout à fait debout. Il me regarda de ses yeux tachetés scintillants, puis fit un geste de la main. Ce fut à peine perceptible, rien qu'une légère rotation du poignet, et cependant suffisant pour exclure de notre propos tout le reste de la salle de rapport, pour faire de nous deux le centre du monde. Cela semblait, en fait, exclure tout ce qui nous concernait hormis notre cœur.

— Le sergent Thurston était une chose, murmura-t-il, son œil lançant un éclair au responsable de quartiers endormi, mais on a pensé qu'avec vous ici, ce serait peut-être différent.

— On ?

— Les Juifs de la Compagnie.

— Pourquoi ? dis-je durement.

Il hésita un instant, puis, involontairement, il porta sa main à la bouche.

— C'est-à-dire... dit-il.

— Qu'est-ce que vous avez derrière la tête ?

Si j'étais encore en colère pour cette histoire de « Sheldon » ou pour autre chose, je n'aurais su le dire… mais visiblement j'étais en colère.

— … nous avons pensé… Marx, vous savez, comme Karl Marx. Les Marx Brothers. Ces gars sont tous des… M-A-R-X, c'est bien comme ça que vous l'épelez, sergent ?

— M-A-R-X.

— Fishbein a dit… — Il s'arrêta. — Ce que je veux dire, sergent…

Son visage et son cou étaient rouges, et ses lèvres bougèrent mais aucun son n'en sortit. Au bout de quelques secondes, il se redressa, se mit au garde-à-vous et posa son regard sur moi. Il semblait avoir soudain décidé qu'il n'y avait pas plus de sympathie à attendre de ma part que de celle de Thurston, la raison étant que j'étais de la même foi que Thurston et non de la sienne. Le jeune homme avait réussi à semer la confusion dans son esprit quant à ma croyance, mais je n'avais pas le moindre désir de l'en sortir. Tout simplement, il ne me plaisait pas.

Quand je ne fis que lui rendre son regard, il parla, d'un ton différent :

— Vous savez, sergent, m'expliqua-t-il, le vendredi soir, les Juifs sont censés assister à l'office religieux.

— Le sergent Thurston vous a-t-il dit que vous ne pouviez pas y aller lorsqu'il y avait une GI party ?

— Non.

— Vous a-t-il dit que vous deviez rester à astiquer les parquets ?

— Non, sergent.

— Le capitaine a-t-il dit que vous deviez rester à astiquer les parquets ?

— C'est pas ça, sergent. Ce sont les gars dans la caserne. — Il se pencha vers moi. — C'est le jour où les Juifs vont au temple, le vendredi soir. C'est obligatoire.

— Alors, allez-y.

— Mais les autres gars nous accusent. Ils n'ont pas le droit.

— Cela ne concerne pas l'armée, Grossbart. C'est un problème personnel qu'il vous faudra résoudre tout seul.

— Mais c'est injuste.

Je me levai pour sortir.

— Je n'y peux rien, dis-je.

Grossbart se raidit.

— Mais ceci est une affaire de religion, monsieur[1].

— Sergent.

— Je veux dire « sergent », dit-il presque en grognant.

— Écoutez, allez voir l'aumônier. L'Inspecteur Général. Si vous voulez voir le capitaine Barrett, je vous ménagerai un rendez-vous.

— Non, non. Je ne veux pas faire d'histoires, sergent. C'est la première chose qu'ils vous jettent à la figure. Je veux juste mes droits !

— Sapristi, Grossbart, cessez de geindre. Vous avez vos droits. Vous pouvez rester à astiquer les parquets ou vous pouvez aller à la *schule*...

Le sourire réapparut. Des bulles de salive brillèrent aux coins de sa bouche.

— Vous voulez dire à l'église, sergent.

— Je veux dire à la *schule*, Grossbart !

1. Dans l'armée américaine, seuls les officiers ont droit à l'appellation « monsieur », les sous-officiers doivent être appelés par leur grade *(N.d.T.)*.

Je passai devant lui et sortis. Près de moi, j'entendis le crissement des bottes d'un garde sur le gravier. Par les fenêtres éclairées des chambrées, j'aperçus les garçons en tenue de corvée, assis sur leur couchette, en train d'astiquer leur fusil. Soudain, il y eut un léger bruit derrière moi. Je me retournai et vis la silhouette sombre de Grossbart se précipiter vers les quartiers pour dire à ses amis juifs qu'ils avaient raison — que comme Karl et Harpo, j'étais des leurs.

Le lendemain matin, en bavardant avec le capitaine, je lui racontai l'incident de la veille, comme pour m'en décharger. Pourtant, dans ma façon de raconter, il sembla au capitaine que je ne cherchais pas tant à expliquer la position de Grossbart qu'à la défendre.

— Marx, je me battrais aux côtés d'un nègre si le gars me prouvait qu'il est un homme. Je me targue, dit le capitaine en regardant par la fenêtre, d'avoir l'esprit large. Par conséquent, sergent, personne ne reçoit de traitement spécial ici, en bien *ou* en mal. Tout ce que j'attends d'un homme, c'est qu'il fasse ses preuves. Si un gars tire bien, je lui donne son week-end de permission. S'il marche bien aux exercices physiques, il a son week-end de permission. Il le *gagne.*

Il se détourna de la fenêtre et pointa un doigt vers moi :

— Vous êtes juif, n'est-ce pas, Marx ?

— Oui, monsieur.

— Et je vous admire. Je vous admire à cause des galons sur votre poitrine, et non pas parce qu'on vous a cousu un ourlet sur la queue avant même que vous soyez assez grand pour savoir que vous en aviez une. Je juge un homme sur ce qu'il montre sur le champ de bataille, sergent. Ce qui compte, c'est ce qu'il a *ici*, dit-il, puis, alors que je m'attendais à ce qu'il pointe un doigt sur son cœur, il dirigea son pouce vers les boutons qui s'efforçaient de faire tenir son blouson sur son ventre. Du cœur au ventre, dit-il.

— D'accord, mon capitaine, je voulais seulement vous faire connaître le sentiment des hommes.

— Monsieur Marx, vous aurez des cheveux blancs avant l'âge si vous vous occupez des sentiments des hommes. Laissez ça à l'aumônier — les gonzesses, la chaude-pisse, les pique-niques religieux avec les petites filles de Joplin, tout ça c'est son affaire, pas la nôtre. Nous, apprenons-leur à tirer juste. Si les soldats juifs trouvent que les autres gars les accusent de tricherie... eh bien, je n'en sais rien. Ça semble terriblement drôle de voir comment le Seigneur appelle soudain si fort à l'oreille du soldat Grossman que celui-ci éprouve le besoin de courir à l'église.

— À la synagogue, dis-je.

— Synagogue est le mot juste, sergent. Je vais le noter pour référence. Merci de m'avoir repris.

Ce soir-là, quelques minutes avant que la compagnie se rassemble devant la salle de rapport pour l'ordinaire, je fis appeler le caporal Robert LaHill. LaHill était un gaillard bien bâti, à la peau brune, dont les poils frisés sortaient des vêtements partout où ils pouvaient. Il avait un regard vitreux qui faisait penser aux cavernes et aux dinosaures.

— LaHill, dis-je, quand vous prendrez la formation, rappelez aux hommes qu'ils sont libres d'assister aux offices religieux, *quelle que soit* l'heure à laquelle ils ont lieu, attendu qu'ils se présentent à la salle de rapport avant de quitter le camp.

LaHill ne broncha pas ; il se gratta le poignet mais ne fit rien qui eût indiqué qu'il avait entendu ou compris.

— LaHill, dis-je, *offices religieux.* Vous comprenez ? église, prêtre, messe, confession…

Il retroussa une lèvre en un sourire hideux ; je pris ça pour le signe qu'il avait un instant repris contact avec la race humaine.

— Les soldats juifs qui désirent assister à l'office de ce soir devront se rassembler devant la salle de rapport à 19 heures. Puis j'ajoutai : Par ordre du capitaine Barrett.

Quelques instants plus tard, au moment où le crépuscule le plus doux qu'il m'ait été donné de voir cette année-là tombait sur Camp Crowder, j'entendis la voix épaisse, monocorde de LaHill devant ma fenêtre :

— Prêtez-moi l'oreille, soldats. Le chef m'a dit de vous dire que tous les Juifs qui veulent devront se rassembler ici à 19 heures pour assister à la messe juive.

À 19 heures, je jetai un coup d'œil par la fenêtre de la salle de rapport et vis trois soldats en uniforme empesé se tenant tout seuls dans le carré poussiéreux. Ils tripotaient leurs montres en se parlant à voix basse. Le jour tombait et seuls sur le terrain désert, ils avaient l'air minuscules. En me dirigeant vers la porte, j'entendis le bruit de la GI party provenant des quartiers environnants — couchettes poussées contre le mur, robinets déversant de l'eau dans les seaux, balais fouettant les planchers. Aux fenêtres, de gros chiffons frottaient et frottaient, chassant la poussière en vue de l'inspection du samedi. Je sortis et au moment où mon pied heurtait le sol, il me sembla entendre Grossbart, qui se trouvait au centre du terrain, dire aux deux autres : « *Gard'vous !* ». Ou peut-être qu'en les voyant tous les trois se mettre au garde-à-vous, imaginai-je avoir entendu le commandement.

À mon approche, Grossbart fit un pas en avant.

— Merci, monsieur, dit-il.

— Sergent, Grossbart, lui rappelai-je. Ce

sont les officiers qu'on appelle « monsieur ». Je ne suis pas un officier. Cela fait trois semaines que vous êtes dans l'armée — vous devez le savoir.

Il tourna la paume de ses mains vers l'extérieur pour indiquer qu'en fait, lui et moi, vivions au-delà des conventions.

— Merci quand même, dit-il.

— Oui, dit le grand garçon derrière lui. Merci beaucoup.

Et le troisième murmura : « merci », mais sa bouche s'ouvrit à peine de sorte qu'il n'altéra sa posture que d'un mouvement de lèvres.

— Pour quoi ? dis-je.

Grossbart s'ébroua, heureux.

— Pour l'annonce de tout à l'heure. L'annonce du caporal. Ça a aidé. Ça a rendu…

— Plus pratique.

C'était le grand garçon qui terminait la phrase de Grossbart.

Grossbart sourit.

— Il veut dire officiel, monsieur. Public, me dit-il. Maintenant, on n'aura pas l'air de se défiler, de tricher, parce que le travail a commencé.

— C'était par ordre du capitaine Barrett, dis-je.

— Ah, mais vous y avez donné un coup de pouce… dit Grossbart. Alors nous vous remercions.

Puis il se tourna vers ses camarades.

— Sergent Marx, je veux vous présenter Larry Fishbein.

Le grand garçon s'avança et tendit la main. Je la serrai.

— Vous êtes de New York ? demanda-t-il.

— Oui.

— Moi aussi.

Il avait un visage cadavérique qui s'enfonçait de la pommette à la mâchoire, et lorsqu'il souriait — comme il le fit à la nouvelle de notre origine commune — il révélait une bouche remplie de mauvaises dents. Il clignait beaucoup des yeux, comme pour rentrer des larmes.

— Quel quartier ? demanda-t-il.

Je me tournai vers Grossbart.

— Il est 7 heures moins 5. À quelle heure est l'office ?

— La *schule*, dit-il en souriant, est dans dix minutes. Je veux vous présenter Mickey Halpern. Nathan Marx, notre sergent.

Le troisième garçon sautilla en avant.

— Soldat Michael Halpern.

Il salua.

— On salue les officiers, Halpern.

Le garçon laissa retomber son bras, et dans sa nervosité, vérifia si les poches de sa chemise étaient bien boutonnées.

— Dois-je les conduire, monsieur ? demanda Grossbart, ou venez-vous avec nous ?

De derrière Grossbart, Fishbein éleva une petite voix.

— Après, on servira des boissons. Une auxiliaire féminine de Saint Louis, nous a dit le rabbin la semaine dernière.

— L'aumônier, chuchota Halpern.

— Vous serez le bienvenu, dit Grossbart.

Pour éluder son invitation, je détournai la tête et vis, aux fenêtres des chambrées, une foule de visages nous regardant tous les quatre.

— Allez, Grossbart, dépêchez-vous de sortir.

— Très bien, dit-il.

Il se tourna vers les autres.

— Une, deux, en avant marche !

Et ils s'éloignèrent, mais dix pas plus loin, Grossbart fit un brusque demi-tour et revenant en courant, me cria :

— Bon *shabes*, monsieur.

Puis les trois hommes s'engouffrèrent dans le crépuscule du Missouri.

Même lorsqu'ils eurent disparu dans les terrains de manœuvres, dont le vert était maintenant un bleu profond, je percevais encore la voix de Grossbart scandant la mesure, et tandis qu'elle s'assourdissait, elle éveilla soudain en moi un souvenir lointain — comme un rayon de lumière — et je me souvins des cris aigus sur un terrain de jeux dans le Bronx, où, bien des années auparavant, j'avais joué pendant de longues soirées printanières telles que celle-ci. Ces sons légers s'amenuisant... C'était un souvenir agréable pour un jeune homme si loin de la paix et du foyer, et cela suscitait tant d'autres souvenirs que je commençai à devenir excessivement tendre envers moi-même. En fait, je me laissai aller à une rêverie si puissante que j'eus l'impression qu'une main avait ouvert mon être et l'avait pénétré jusqu'au fond. Il lui fallait descendre si profondément pour me trouver. Il lui fallait passer par ces jours dans les forêts de Belgique et ces morts que j'avais refusé de pleurer; par les nuits dans ces fermes allemandes dont nous avions brûlé les livres pour nous chauffer, et que je ne pouvais pas regretter; par ces étendues sans fin où j'avais banni toute tendresse que j'eusse pu ressentir pour mes semblables, et où j'avais même réussi à me dénier l'attitude du conquérant — l'orgueil que moi, un Juif, j'aurais pu volontiers afficher tandis que mes bottes claquaient sur le pavé de Münster, Braunschweig, et finalement Berlin.

Mais à présent, un seul bruit nocturne, une rumeur de foyer et de temps passé, et la mémoire plongeait à travers tout ce que j'avais anesthésié et atteignait ce que je reconnaissais être moi-même. Ce ne fut donc pas tout à fait étrange qu'à la recherche de moi-même, je me retrouvai en train de suivre les pas de Grossbart vers la chapelle numéro 3 où avaient lieu les offices religieux israélites.

Je pris place au dernier rang, qui était vide. À deux bancs devant moi étaient assis Grossbart, Fishbein et Halpern, tenant chacun à la main un petit gobelet blanc. Fishbein versait le contenu du sien dans celui de Grossbart, et Grossbart eut l'air réjoui en voyant le liquide tracer un arc entre sa main et celle de Fishbein. Dans l'éblouissante lumière jaune, je vis l'aumônier dans sa chaire, chantant la première ligne du texte liturgique. Le livre de prières de Grossbart resta fermé sur ses genoux ; il faisait tourner le vin dans son gobelet. Seul, Halpern répondait à la prière. Les doigts de sa main droite étaient largement écartés sur la couverture de son livre, et son calot était si profondément enfoncé sur sa tête, qu'il avait pris la forme d'une *yamalkah.* De temps en temps, Grossbart mouillait ses lèvres au bord de la coupe ; le long visage jaune de Fishbein, telle une ampoule électrique en voie d'extinction, regardait autour de lui, se penchant en avant pour apercevoir les visages au bout du rang, devant — puis derrière. Il me vit et ses paupières battirent la retraite. Son coude s'enfonça dans les côtes de Grossbart, son cou s'inclina vers son ami, puis lorsque la congrégation répondit, la voix de Grossbart s'y était jointe. Fishbein avait lui aussi les yeux sur son livre à présent; ses lèvres, cependant, ne bougèrent point.

Enfin ce fut le moment de boire le vin. L'aumônier leur sourit tandis que Grossbart avalait tout d'une longue gorgée, qu'Halpern sirotait, méditatif, et que Fishbein feignait la dévotion avec une coupe vide.

Finalement, l'aumônier dit :

— En regardant l'assemblée des fidèles... le mot le fit sourire, ce soir, je vois beaucoup de visages nouveaux, et je veux vous souhaiter la bienvenue aux offices du vendredi soir, ici, à Camp Crowder. Je suis le major Leo Ben Ezra, votre aumônier...

Bien qu'Américain, l'aumônier parlait un anglais châtié, détachant presque ses syllabes, comme pour communiquer surtout avec ceux qui ne feraient que lire sur ses lèvres.

— Je n'ai que quelques mots à vous dire avant que nous nous retirions dans la salle des rafraîchissements où les aimables dames du Temple Sinaï de Saint Louis, Missouri, vous ont préparé un joli buffet.

Des applaudissements et des sifflets éclatèrent. Effaçant l'ombre d'un sourire, l'aumônier leva les mains devant la congrégation, ses yeux glissant un instant vers le haut, comme pour rappeler aux troupes où elles se trouvaient et Qui d'autre pourrait être présent. Dans le brusque silence qui suivit, il me sembla entendre la voix de Grossbart : « Que les goyim frottent les planchers ! » Étaient-ce ses paroles ? Je n'en étais pas sûr, mais Fishbein se fendit d'un large sourire et donna un coup de coude à Halpern. Halpern lui jeta un regard muet puis retourna à son livre de prières, qui l'avait occupé pendant tout le discours du rabbin. Une de ses mains tiraillait les noirs cheveux frisés qui dépassaient sous le calot. Ses lèvres remuaient.

Le rabbin poursuivit :

— C'est de la nourriture que je voudrais vous entretenir quelques instants. Je sais, je sais, je sais, entonna-t-il d'un ton las, combien dans la bouche de la plupart d'entre vous la nourriture *traïfe* a un goût de cendres. Je sais combien certains d'entre vous s'étouffent, combien vos parents souffrent de penser que leurs enfants mangent des aliments impurs, offensants pour le palais. Que puis-je vous dire? Seulement ceci : fermez les yeux et avalez le mieux possible. Mangez ce dont vous avez besoin pour vivre et jetez le reste. Je voudrais pouvoir donner meilleur conseil. À ceux qui trouvent cela impossible, je demande d'essayer et d'essayer encore, mais si leur répugnance est trop forte, qu'ils viennent me voir en privé et nous devrons chercher aide plus haut.

Un murmure s'éleva puis disparut; puis tout le monde chanta «Ain Kelohanoh»; après tant d'années, je m'aperçus que je savais encore les paroles.

Brusquement, une fois l'office terminé, Grossbart fut sur moi.

— Plus haut? Il veut dire le général?

— Eh Shelly, interrompit Fishbein, il veut dire Dieu. Il se donna une claque et regarda Halpern. Jusqu'où peut-on monter?

— Chut, dit Grossbart. Qu'en pensez-vous, sergent?

— Je ne sais pas. Vous feriez mieux de demander à l'aumônier.

— Je vais le faire. Je vais prendre un rendez-vous pour le voir en privé. Mickey aussi.

Halpern secoua la tête.

— Non, non, Sheldon…

— Tu as des droits, Mickey. Ils ne peuvent pas nous marcher sur les pieds.

— Ça ne fait rien. C'est ma mère qui s'inquiète, pas moi…

Grossbart me regarda.

— Hier il a vomi. Du hachis. C'était tout du jambon et Dieu sait quoi d'autre.

— Je suis enrhumé… c'était pour ça, dit Halpern.

Il retransforma sa *yamalkah* en calot.

— Et vous, Fishbein, demandai-je. Vous êtes *kasher* aussi ?

Il rougit, ce qui rendit le jaune plus gris que rose.

— Un peu. Mais je laisserai couler. J'ai un estomac solide. Et je ne mange pas beaucoup de toute façon…

Je continuai à le regarder, et il leva la main pour renforcer ce qu'il venait de dire. Son bracelet-montre était serré jusqu'au dernier trou et il me le montra.

— Alors ça m'est égal.

— Mais les offices sont importants pour vous ? lui demandai-je.

Il regarda Grossbart.

— Bien sûr, monsieur.

— Sergent.

— Pas tant à la maison, dit Grossbart en s'interposant, mais loin de chez soi, ça donne le sens du judaïsme.

— Nous devons faire bloc, dit Fishbein.

Je me dirigeai vers la porte ; Halpern recula pour me laisser passer.

— C'est ce qui est arrivé en Allemagne, dit Grossbart, assez fort pour que je puisse l'entendre. Ils n'ont pas fait bloc. Ils se sont laissé marcher sur les pieds.

Je me retournai.

— Écoutez, Grossbart, c'est l'armée ici, pas un camp de vacances.

Il sourit.

— Et alors ? Halpern tenta de filer, mais Grossbart le retint par le bras. Et alors ? répéta-t-il.

— Grossbart, demandai-je, quel âge avez-vous ?

— Dix-neuf ans.

— Et vous ? dis-je à Fishbein.

— Pareil. Même du même mois.

— Et lui ?

Je désignai Halpern, qui avait fini par gagner prudemment la sortie.

— Dix-huit, murmura Grossbart. Mais on dirait qu'il ne sait pas lacer ses chaussures ni se laver les dents tout seul. Je suis désolé pour lui.

— Je suis désolé pour vous aussi, Grossbart, mais conduisez-vous simplement en homme. N'en faites pas trop.

— Trop de quoi, monsieur ?

— Du monsieur. N'en faites pas trop, dis-je, et je le plantai là.

Je passai devant Halpern mais il ne leva pas les yeux. Puis je fus dehors, dans l'obscurité... mais derrière moi j'entendis Grossbart appeler :

— Eh, Mickey, *liebesche*, reviens. Les rafraîchissements !

Liebesche ! C'est ainsi que ma grand-mère m'appelait !

Un matin, une semaine plus tard, tandis que je travaillais à mon bureau, le capitaine Barrett me cria de venir dans le sien. Lorsque j'entrai, il avait son casque léger enfoncé si bas que je ne pouvais même pas voir ses yeux.

Il était au téléphone, et pour me parler, il boucha l'appareil d'une main.

— Qui, nom d'une merde, est Grossbart ?

— Troisième section, mon capitaine, dis-je. Une recrue.

— Qu'est-ce que c'est que cette fichue histoire à propos de nourriture ? Sa mère a interpellé un député... Il retira sa main de l'appareil et remonta son casque de sorte que j'aperçus la courbe de ses cils inférieurs. Oui, monsieur, dit-il. Oui, monsieur. Je suis là, monsieur. Je demande à Marx...

Il reboucha l'appareil et me regarda.

— Le voltigeur Harry au bout du fil, dit-il entre ses dents. Ce député appelle le général Lyman qui appelle le colonel Sousa qui appelle le Major qui m'appelle. Ils crèvent d'envie de me coller cette histoire sur le dos. Qu'est-ce qu'il y a, il secoua l'appareil vers moi, je ne nourris pas la troupe ? Qu'est-ce que c'est que cette salade ?

— Monsieur, Grossbart est bizarre...

Barrett accueillit ces paroles avec un sourire indulgent et moqueur. Je changeai de tactique.

— Mon capitaine, c'est un Juif orthodoxe et il ne lui est donc permis que de manger certains aliments.

— Le député dit qu'il vomit. À chaque fois qu'il mange quelque chose, dit sa mère, il vomit !

— Il a l'habitude d'observer les lois sur la nourriture, mon capitaine.

— C'est pour ça que sa vieille fait appel à la Maison-Blanche ?

— Les parents juifs, monsieur, ont tendance à être plus protecteurs que vous ne le croyez. Je veux dire que les Juifs ont le sens de la famille très développé. Quand un garçon quitte la maison, la mère est susceptible d'être très bouleversée. Le garçon a probablement *parlé* de quelque chose dans une lettre et sa mère l'a mal interprété.

— Je lui ficherais bien mon poing dans la gueule. On a une salope de guerre sur le dos et monsieur voudrait de la vaisselle d'argent !

— Je ne crois pas que le garçon soit à blâmer, monsieur. Je suis persuadé qu'on peut arranger ça en lui parlant. Les parents juifs se font du souci…

— *Tous* les parents se font du souci, bon Dieu. Mais ils ne montent pas sur leurs grands chevaux en commençant à faire jouer les pistons...

Je lui coupai la parole, la voix plus haute, plus dure qu'auparavant.

— La vie de famille, mon capitaine, est si importante... mais vous avez raison, cela devient parfois encombrant. C'est une chose merveilleuse, mon capitaine, mais parce qu'elle est si vivace, ce genre...

Il n'écoutait plus les justifications que j'essayais de présenter tant pour moi-même que pour le voltigeur Harry. Il reprit l'appareil.

— Allô, dit-il. Marx me dit que les Juifs ont tendance à faire des manières. Il dit qu'il pense pouvoir régler l'affaire ici même dans la compagnie... Oui, monsieur... Je rappellerai, dès que possible... Il raccrocha. Où sont les hommes, sergent ?

— Sur le champ de tir.

D'un coup sur la tête, il écrasa le casque sur ses yeux et se leva.

— Nous allons faire un tour.

Le capitaine prit le volant et je m'assis à côté de lui. C'était une chaude journée de printemps et sous mon treillis fraîchement amidonné, j'avais l'impression que mes aisselles fondaient le long de mes flancs. Les routes étaient sèches et le temps d'arriver au champ de tir, j'avais les dents crissantes de poussière, bien que j'eusse tenu la bouche fermée tout le long du parcours. Le capitaine écrasa les freins et me dit de me grouiller d'aller chercher Grossbart.

Je le trouvai couché sur le ventre, en train de cribler de balles une cible à cent cinquante mètres. Derrière lui, Halpern et Fishbein attendaient leur tour. Fishbein, une paire de lunettes militaires sans monture sur le nez, avait l'air d'un vieux colporteur qui vous aurait volontiers vendu le fusil et les cartouches qui lui pendaient de partout. Je me tins à l'écart, près des caisses de munitions, attendant que Grossbart eût terminé de parsemer les lointaines cibles. Fishbein recula pour s'approcher de moi.

— Bonjour, sergent Marx.

— Ça va ? grommelai-je.

— Ça va, merci ? Sheldon est vraiment un bon tireur.

— Je n'ai pas remarqué.

— Moi pas, mais je crois que je commence à m'y mettre… Sergent, vous savez, je ne voudrais pas demander ce qu'il ne faut pas…

Il s'interrompit. Il essayait de parler d'un ton intime, mais le bruit du tir le forçait à crier.

— Qu'y a-t-il ? demandai-je.

Au bout du champ, j'aperçus le capitaine Barrett debout dans la jeep, scrutant la ligne à ma recherche.

— Mes parents n'arrêtent pas de demander où nous allons partir. Tout le monde dit le Pacifique. Ça m'est égal, mais mes parents… Si je pouvais les rassurer, je crois que je pourrais mieux me concentrer sur le tir.

— Je ne sais pas, Fishbein. Essayez de vous concentrer quand même.

— Sheldon dit que vous pourriez peut-être le savoir…

— Je ne sais rien, Fishbein. Ne vous énervez pas et ne laissez pas Sheldon…

— Moi, je ne m'énerve pas, sergent. C'est chez moi…

Grossbart venait de terminer et brossait son treillis de la main. Je plantai Fishbein au milieu de sa phrase.

— Grossbart, le capitaine veut vous voir.

Il avança vers nous. Ses yeux brillaient et clignotaient.

— Bonjour !

— Ne pointez donc pas ce fusil, nom de Dieu !

— Pas de danger que je vous tire dessus, sergent.

Il me gratifia d'un sourire de la largeur d'une citrouille, tout en écartant son canon.

— Sapristi, Grossbart, ce n'est pas une blague ! Suivez-moi.

Je marchai devant lui et j'eus l'horrible impression que derrière moi Grossbart suivait au pas, le fusil sur l'épaule, comme s'il était une patrouille composée d'un seul homme.

Devant la jeep, il fit un salut de fusil au capitaine.

— Soldat Sheldon Grossbart, mon capitaine.

— Repos, Grossman.

Le capitaine se glissa sur le siège avant inoccupé, et, repliant un doigt, invita Grossbart à venir plus près.

— Bart, monsieur. Sheldon Gross*bart*. C'est une erreur courante.

Grossbart me fit un signe de tête — *moi*, je comprenais, voulait-il dire. Je détournai mon regard, juste au moment où le camion d'ordinaire s'arrêtait devant la ligne de tir, dégorgeant une demi-douzaine de corvées de pluches, les manches retroussées. Le sergent d'ordinaire leur hurla quelque chose tandis qu'ils installaient les marmites et les gamelles.

— Grossbart, votre maman a écrit à un député qu'on ne vous nourrissait pas bien, vous êtes au courant ? dit le capitaine.

— C'est mon père, monsieur. Il a écrit au député Franconi que ma religion m'interdit de manger certains aliments.

— Quelle est cette religion, Grossbart ?

— Juive.

— Juive, *mon capitaine*, dis-je à Grossbart.

— Je vous demande pardon, mon capitaine. Juive, mon capitaine.

— De quoi avez-vous vécu ? demanda le capitaine. Ça fait déjà un mois que vous êtes dans l'armée. Vous ne m'avez pas l'air de tomber en morceaux.

— Je mange parce qu'il le faut, mon capitaine. Mais le sergent Marx pourra témoigner du fait que je ne mange pas une bouchée de plus que je n'en ai besoin pour survivre.

— Marx, demanda Barrett, est-ce vrai ?

— Je n'ai jamais vu Grossbart manger, mon capitaine, dis-je.

— Mais vous avez entendu le rabbin, dit Grossbart. Il nous a dit ce qu'il fallait faire, et j'ai obéi.

Le capitaine me regarda.

— Eh bien, Marx ?

— Je ne sais pourtant pas ce qu'il mange et ce qu'il ne mange pas, monsieur.

Grossbart leva son fusil, comme pour me l'offrir.

— Mais, sergent…

— Écoutez, Grossbart, contentez-vous de répondre aux questions du capitaine ! dis-je d'un ton coupant.

Barrett me sourit et je lui en voulus.

— Très bien, Grossbart, dit-il, qu'est-ce

que vous voulez ? La petite feuille de papier ? Voulez sortir ?

— Non, monsieur. Seulement avoir la possibilité de vivre comme un Juif. Et pour les autres aussi.

— Quels autres ?

— Fishbein, monsieur, et Halpern.

— Eux non plus n'aiment pas notre cuisine ?

— Halpern vomit, monsieur. Je l'ai vu.

— Je croyais que c'était *vous* qui vomissiez.

— Juste une fois, monsieur. Je ne savais pas que les saucisses étaient des saucisses.

— Nous distribuerons des menus, Grossbart. Nous présenterons des films d'éducation alimentaire, afin que vous puissiez détecter quand nous essaierons de vous empoisonner.

Grossbart ne répondit pas. Non loin de nous, les hommes s'étaient rassemblés en deux longues files. En queue de l'une d'elles, je reconnus Fishbein — ou plutôt, ses lunettes me reconnurent. Elles me lancèrent des rayons de soleil, tels des clins d'œil amicaux. Halpern était à côté de lui, s'essuyant le cou avec un mouchoir kaki. Ils s'ébranlèrent avec la file en direction des gamelles.

Le sergent d'ordinaire hurlait toujours après les corvées de pluches, qui se tenaient prêtes à servir, l'air ahuri. Je fus un instant terrorisé à l'idée que d'une façon ou d'une autre, le sergent d'ordinaire allait être mêlé au problème de Grossbart.

— Venez ici, Marx, me dit le capitaine. Marx, vous êtes juif, n'est-ce pas ?

Je jouai franc jeu.

— Oui, monsieur.

— Il y a combien de temps que vous êtes dans l'armée ? Dites-le à ce garçon.

— Trois ans et deux mois.

— Dont un an de combats, Grossbart. Douze fichus mois de combats à travers toute l'Europe. J'admire cet homme, dit le capitaine, en me donnant un coup de poignet sur la poitrine. Est-ce que vous l'entendez dire un mot sur la nourriture ? Dites ? Je veux une réponse, Grossbart. Oui ou non.

— Non, monsieur.

— Et pourquoi ? Il est juif.

— Il y a des choses qui sont plus importantes pour certains Juifs que pour d'autres.

Barrett explosa.

— Écoutez, Grossbart, Marx est un type

bien, un héros ! Nom de Dieu, pendant que vous étiez confortablement assis sur vos fesses à l'école, le sergent Marx tuait des Allemands. Qui fait plus pour les Juifs, vous en vomissant une malheureuse saucisse — un morceau de viande premier choix — ou Marx en tuant ces salauds de nazis ? Si j'étais un Juif, Grossbart, j'embrasserais les pieds de cet homme. C'est un héros, vous le savez ? Et *lui* mange ce qu'on lui donne. Pourquoi vous avez besoin de faire des histoires, c'est ce que je voudrais bien savoir ! Qu'est-ce que vous visez, une réforme ?

— Non, monsieur.

— Je parle à un *mur !* Sergent, faites-le disparaître de ma vue.

Barrett reprit d'un bond sa place au volant.

— Je vais voir l'aumônier !

Le moteur gronda, la jeep fit demi-tour, puis dans un tourbillon de poussière, le capitaine reprit le chemin du camp.

Grossbart et moi restâmes quelques instants à suivre la jeep des yeux. Puis il me regarda et dit :

— Je ne veux pas faire d'histoires. C'est la première chose qu'ils nous reprochent.

Lorsqu'il parla, je vis que ses dents étaient blanches et bien plantées, et leur aspect me fit soudain comprendre que Grossbart avait effectivement des parents : qu'un jour quelqu'un avait emmené le petit Sheldon chez le dentiste. Il était le fils de quelqu'un. Malgré tout son bavardage à propos de ses parents, il était difficile d'imaginer Grossbart en enfant, en héritier — affilié à quelqu'un par le sang, père ou mère, ni surtout à moi. Cette pensée en entraîna une autre.

— Que fait votre père, Grossbart ? demandai-je, tandis que nous nous dirigions vers la file.

— Il est tailleur.

— Américain ?

— Maintenant oui. Un fils dans l'armée, dit-il, moqueur.

— Et votre mère ? demandai-je.

Il fit un clin d'œil.

— Une *ballebusta*[1] — elle dort presque avec un chiffon à la main.

— C'est aussi une immigrante ?

1. En yiddish : une bonne femme d'intérieur, une maîtresse de maison *(N.d.T.)*.

— Elle ne parle toujours que le yiddish.

— Et votre père aussi ?

— Un peu d'anglais : « propre », « presse », « rentrez les pantalons »... C'est tout son vocabulaire. Mais ils sont gentils avec moi...

— Alors, Grossbart...

Je tendis le bras et l'arrêtai. Il se tourna vers moi et lorsque nos yeux se croisèrent les siens semblèrent faire un bond en arrière, frémir dans leurs orbites. Il parut effrayé.

— Grossbart, c'est donc vous qui avez écrit cette lettre, n'est-ce pas ?

Il ne fallut qu'une seconde ou deux pour que ses yeux redeviennent gais.

— Oui. Il continua à marcher et je le suivis. C'est ce que mon père *aurait* écrit s'il avait su le faire. C'était son nom quand même. C'est lui qui l'a signée. Il l'a même postée. Je l'ai envoyée chez moi. Pour le cachet de New York.

J'étais surpris et il s'en rendit compte. Avec un sérieux total, il avança son bras droit devant moi.

— Le sang est le sang, sergent, dit-il, en pinçant la veine bleue de son poignet.

— Que diable essayez-vous de faire,

Grossbart ? Je vous ai vu manger. Vous le savez ? J'ai dit au capitaine que je ne savais pas ce que vous mangiez, mais je vous ai vu avaler comme un ogre à l'ordinaire.

— On travaille dur, sergent. On est en instruction. Pour qu'un four marche, il faut l'alimenter.

— Si vous avez écrit la lettre, Grossbart, pourquoi avez-vous déclaré que vous vomissiez tout le temps ?

— En fait, je parlais de Mickey. Il ne voulait pas écrire, sergent, bien que j'aie essayé de le persuader. Il va dépérir, si je ne l'aide pas. Sergent, j'ai utilisé mon nom, celui de mon père, mais c'est de Mickey et de Fishbein que je me préoccupe aussi.

— Vous êtes un vrai Messie, n'est-ce pas ?

Nous avions rejoint la file à présent.

— Elle est bonne, sergent. Il sourit. Mais qui sait ? C'est peut-être vous le Messie... un petit peu. Mickey dit que le Messie est une idée collective. Il est allé à la Yeshivah [1], Mickey, un certain temps. Il dit que tous *ensemble* nous sommes le Messie. Moi un

1. École hébraïque *(N.d.T.)*.

peu, vous un peu... Vous devriez entendre parler ce gosse, sergent, quand il s'y met.

— Moi un peu, vous un peu. Vous aimeriez croire ça, n'est-ce pas, Grossbart ? Ça vous arrange.

— Ça ne semble pas une si mauvaise chose à croire, sergent. Ça veut tout simplement dire que nous devrions tous donner un peu, c'est tout...

Je m'éloignai pour aller manger ma ration avec les autres sous-officiers.

Deux jours plus tard, une lettre adressée au capitaine Barrett atterrit sur mon bureau. Elle était passée par la hiérarchie — du bureau du député Franconi où elle était arrivée, au général Lyman, au colonel Sousa, au major Lamont, au capitaine Barrett. Je la relus deux fois pendant que le capitaine était au mess des officiers. Elle était datée du 14 mai, le jour où Barrett avait parlé à Grossbart sur le champ de tir.

Monsieur le Député,

Permettez-moi d'abord de vous remercier pour l'attention que vous avez portée à mon fils, le soldat Sheldon Grossbart. J'ai eu la chance de pouvoir parler au téléphone avec Sheldon l'autre soir et je crois que j'ai pu résoudre notre problème. Il est, comme je le mentionnais dans ma dernière lettre, un garçon très pieux, et j'ai eu les plus grandes difficultés à le persuader que la chose pieuse à faire — ce que Dieu lui-même voudrait que Sheldon fasse — serait de souffrir les affres du remords religieux pour le bien de sa patrie et de toute l'humanité. Ce fut difficile, monsieur le Député, mais il a fini par voir la lumière. En fait, ce qu'il a dit (et j'ai noté ses paroles sur un bloc afin de ne jamais les oublier), il a dit : « Je crois que tu as raison, papa. Tant de millions de nos compatriotes juifs ont donné leur vie à l'ennemi, le moins que je puisse faire est de vivre un temps privé d'une partie de mon héritage afin de contribuer à mettre fin à cette lutte et à rendre à tous les enfants de Dieu la dignité humaine. » Ceci, monsieur le Député, rendrait fier n'importe quel père.

À propos, Sheldon voulait que je connaisse — et vous transmette — le nom d'un soldat qui l'a aidé à prendre cette décision : le sergent Marx Nathan. Le sergent Marx, qui est un vétéran de la guerre, est le supérieur de Sheldon. Cet homme a aidé Sheldon à vaincre les premiers obstacles qu'il a rencontrés dans l'armée, et est en partie responsable de son changement d'attitude envers les lois sur la nourriture. Je sais que Sheldon apprécierait toute distinction qui serait attribuée à Marx.

Merci et bonne chance. J'espère voir votre nom sur les prochaines listes électorales.

Je vous prie d'agréer, Monsieur le député, etc.

SAMUEL E. GROSSBART.

Joint au communiqué Grossbart, il y avait un communiqué adressé au général Marshall Lyman et signé par le député Charles E. Franconi de la Chambre des représentants. Le communiqué informait le général Lyman que le sergent Nathan Marx était l'honneur de l'Armée américaine et du peuple juif.

Quelle avait été la raison de la rétractation de Grossbart ? Avait-il senti qu'il était allé trop loin ? La lettre était-elle une retraite stratégique — une tentative astucieuse pour renforcer ce qu'il considérait comme notre alliance ? Ou bien avait-il réellement changé d'avis, au travers d'un dialogue imaginaire entre Grossbart *père* et Grossbart *fils* ? J'étais intrigué mais cela ne dura que quelques jours — c'est-à-dire jusqu'à ce que je me rende compte que, quelles qu'aient été ses raisons, il avait en fait décidé de disparaître de ma vie : il allait se permettre de n'être qu'une recrue parmi d'autres. Je le vis aux inspections mais il ne me lança jamais de clin d'œil ; aux rassemblements, mais il ne me fit jamais un signe ; le dimanche, avec les autres recrues, il venait regarder jouer l'équipe de base-ball des sous-officiers dans laquelle j'étais lanceur, mais il ne m'adressa jamais une parole inutile ou inopportune. Fishbein et Halpern se retirèrent également, sur ordre de Grossbart, j'en suis certain. Il s'était apparemment rendu compte que la sagesse était de me tourner le dos avant de nous avoir tous plongés dans la laideur d'un privilège non mérité. Notre séparation me permit de lui pardonner nos rencontres passées et, finalement, de l'admirer pour son bon sens.

Entre-temps, libéré de Grossbart, je m'habituais à mon travail et aux tâches administratives. Je montai sur une balance un jour et m'aperçus que j'étais réellement devenu un non-combattant : j'avais pris trois kilos et demi. Je trouvai la patience de lire les trois premières pages d'un livre. Je pensais de plus en plus à l'avenir et écrivis à des filles que j'avais connues avant la guerre — je reçus même quelques réponses. J'écrivis à Columbia pour demander un programme de la Faculté de Droit. Je continuais à suivre la guerre dans le Pacifique, mais ce n'était pas ma guerre et je lisais le compte rendu des bombardements et des batailles comme un civil. Il me semblait entrevoir la fin et quelquefois, la nuit, je rêvais que je marchais dans les rues de Manhattan-Broadway, la Troisième Avenue, et la 116e Rue, où j'avais vécu pendant mes trois années d'études à Columbia. Je m'envolais autour de ces rêves et commençais à être heureux.

Puis, un samedi, alors que tout le monde était parti et que j'étais seul dans la salle de rapport, en train de lire l'avant-dernier numéro du *Sporting News*, Grossbart parut.

— Vous êtes amateur de base-ball, sergent ?

Je levai la tête.

— Comment allez-vous ?

— Bien, dit Grossbart. Ils font de moi un soldat.

— Comment vont Fishbein et Halpern ?

— Ça va, dit-il. Il n'y avait pas d'instruction cet après-midi. Ils sont au cinéma.

— Comment se fait-il que vous ne soyez pas avec eux ?

— Je voulais venir vous dire bonjour.

Il sourit — un sourire timide, honnête, comme si lui et moi savions bien que notre amitié tirait sa substance de visites imprévues, de souvenirs d'anniversaires et d'une tondeuse à gazon mutuellement empruntée. Tout d'abord, cela m'offensa, puis ce sentiment se perdit dans le malaise général que je ressentais à l'idée que tout le reste du poste était enfermé dans l'obscurité du cinéma et que j'étais seul avec Grossbart. Je pliai mon journal.

— Sergent, dit-il, je voudrais vous demander un service. C'est un service, je ne m'en cache pas.

Il se tut, me permettant de refuser de l'écouter — ce qui, naturellement, me força à une politesse que je n'avais aucune intention d'offrir.

— Allez-y.

— Eh bien, en fait, il s'agit de deux services.

Je ne dis rien.

— Le premier concerne ces bruits qui courent. Tout le monde dit que nous allons être envoyés dans le Pacifique.

— Comme je l'ai dit à votre ami Fishbein, je ne sais rien. Il vous faudra attendre pour savoir. Comme tout le monde.

— Vous croyez qu'il y a une chance pour que certains d'entre nous soient envoyés à l'est ?

— En Allemagne ? dis-je. Peut-être.

— Je veux dire New York.

— Je ne crois pas, Grossbart. A priori.

— Merci pour le renseignement, sergent, dit-il.

— Ce n'est pas un renseignement, Grossbart. C'est une supposition.

— Ce serait rudement bien d'être près de chez soi. Mes parents… vous savez…

Il fit un pas vers la porte, puis se retourna.

— Oh, l'autre chose. Puis-je demander l'autre ?

— Qu'est-ce que c'est ?

— L'autre, c'est que... j'ai de la famille à Saint Louis et ils me disent qu'ils m'offriront un vrai dîner de pâque[1] si je peux y aller. Mon Dieu, sergent, ce serait formidable pour moi.

Je me levai.

— Pas de permissions pendant la période d'instruction, Grossbart.

— Mais on est libres jusqu'à lundi matin, sergent. Je pourrais quitter le poste sans que personne le sache.

— Moi, je le saurais, et vous aussi.

— Mais c'est tout. Juste nous deux. Hier soir, j'ai téléphoné à ma tante et vous auriez dû l'entendre : « Viens, viens, disait-elle. J'ai du *gefilte fish*[2], du *haïn*[3], le grand jeu ! » Un seul jour, sergent, je prendrais la responsabilité sur moi s'il arrivait quelque chose.

— Le capitaine n'est pas là pour signer la permission.

1. La pâque juive *(N.d.T.)*.
2. Poisson farci *(N.d.T.)*.
3. Raifort *(N.d.T.)*.

— Vous pourriez la signer.

— Écoutez, Grossbart…

— Sergent, ça fait pratiquement deux mois que je mange du *traïf* jusqu'à en mourir.

— Je croyais que vous en aviez pris votre parti. D'être privé d'une partie de votre héritage.

Il pointa un doigt vers moi.

— Vous ! dit-il. Ce n'était pas à vous de la lire !

— Je l'ai lue. Et alors ?

— Cette lettre était adressée à un député.

— Grossbart, ne me racontez pas de bobards. Vous *vouliez* que je la lise.

— Pourquoi me persécutez-vous, sergent ?

— Vous vous moquez de moi !

— J'en ai déjà fait l'expérience, dit-il, mais jamais de la part des miens !

— Sortez d'ici, Grossbart ! Fichez le camp de ma vue !

Il ne bougea pas.

— Vous avez honte, c'est ça. Alors vous vous vengez sur nous. On dit qu'Hitler lui-même était demi-juif. À voir ça, ça ne m'étonnerait pas !

— Qu'est-ce que vous essayez de faire de moi, Grossbart ? Qu'est-ce que vous cherchez ? Vous voulez que je vous favorise, que je change la nourriture, que je me renseigne sur votre destination, que je vous donne des permissions.

— Vous parlez même comme un goy ! — Grossbart brandit son poing. — Est-ce que je vous demande une permission ? Un seider n'est-il pas une chose sacrée ?

Un seider ! Je réalisai soudain que la pâque avait été célébrée des semaines auparavant. Je confrontai Grossbart avec le fait.

— C'est vrai, dit-il. Qui dit le contraire ? Il y a un mois, et moi j'étais sur le terrain en train de manger du hachis ! Et maintenant, tout ce que je demande c'est un petit service — je croyais qu'un garçon juif comprendrait. Ma tante veut bien faire une exception — faire un seider un mois plus tard...

Il tourna les talons comme pour s'en aller, grommelant.

— Revenez ici ! m'écriai-je. — Il s'arrêta et me regarda. — Grossbart, pourquoi ne pouvez-vous pas être comme les autres ? Pourquoi faut-il que vous soyez planté comme une épine dans le pied ? Pourquoi demandez-vous un traitement spécial ?

— Parce que je suis juif, sergent. Je *suis* différent. Meilleur ou non. Mais différent.

— Nous sommes en guerre, Grossbart. Tant qu'elle dure, soyez semblable.

— Je refuse.

— Quoi ?

— Je refuse. Je ne peux pas m'empêcher d'être moi, il n'y a rien à faire. — Des larmes montèrent dans ses yeux. — C'est difficile d'être juif. Mais maintenant je comprends ce que dit Mickey : c'est encore plus difficile de le rester. — Il leva tristement une main vers moi. — Regardez-vous.

— Cessez de pleurer !

— Cessez ceci, cessez cela ! C'est à vous de cesser, sergent. Cessez de fermer votre cœur à vos compatriotes !

Et s'essuyant le visage avec sa manche, il sortit en courant.

— La moindre des choses que nous puissions faire les uns pour les autres… la moindre…

Une heure plus tard, je vis Grossbart traverser le camp. Il portait un uniforme empesé et un petit sac en cuir. Je m'approchai de la porte et sentis venir du dehors la chaleur du jour. Tout était calme — pas une âme en vue sauf, à l'entrée du réfectoire, quatre corvées de pluches assis autour d'une marmite, le buste penché en avant, bavardant tout en épluchant des pommes de terre au soleil.

— Grossbart ! appelai-je.

Il regarda dans ma direction et continua son chemin.

— Grossbart, venez ici !

Il se retourna, empiétant sur son ombre. Enfin il vint jusqu'à moi.

— Où allez-vous ? dis-je.

— À Saint Louis, ça m'est égal.

— Vous allez vous faire pincer sans permission.

— Eh bien je me ferai pincer.

— Vous irez en taule.

— Je suis déjà en taule.

Il fit demi-tour et s'éloigna. Je ne lui accordai qu'un pas.

— Revenez ici, dis-je, et il me suivit dans le bureau, où je tapai une permission, signai le nom du capitaine et apposai mes initiales ensuite.

Il prit le papier que je lui tendais puis, un instant plus tard, il avança la main et saisit la mienne.

— Sergent, vous ne savez pas ce que ça représente pour moi.

— Okay. Ne vous attirez pas d'ennuis.

— Je voudrais vous prouver ce que ça représente pour moi.

— Ne me rendez pas de services. N'écrivez plus à des députés pour demander des citations.

À ma grande surprise, il sourit.

— Vous avez raison. Je n'écrirai plus. Mais laissez-moi faire quelque chose pour vous.

— Rapportez-moi un morceau de *gefilte fish*. Fichez-moi le camp d'ici.

— Entendu ! Avec une rondelle de carotte et un peu de raifort. Je n'oublierai pas.

— D'accord. Montrez simplement votre permission à la grille. Et ne dites rien à *personne.*

— Entendu. Ça vient avec un mois de retard, mais je vous souhaite un bon *Yom Tov*[1].

1. Bonnes fêtes *(N.d.T.)*.

— Bon *Yom Tov*, Grossbart, dis-je.

— Vous êtes un bon Juif, sergent. Vous aimez penser que vous avez le cœur dur, mais au fond vous êtes un brave type. Je le pense vraiment.

Ces quatre derniers mots me touchèrent davantage que toute parole sortie de la bouche de Grossbart n'en avait le droit.

— Très bien, Grossbart. Maintenant appelez-moi « monsieur » et fichez-moi le camp d'ici.

Il courut vers la porte et disparut. Je me sentais très content de moi — c'était un grand soulagement de cesser de lutter contre Grossbart. Et cela ne m'avait rien coûté. Barrett ne s'en apercevrait jamais, et, dans le cas contraire, je m'arrangerais pour inventer une excuse. Je restai un moment assis à ma table, à l'aise avec ma décision. Puis la porte s'ouvrit brusquement et Grossbart refit son entrée en coup de vent.

— Sergent ! dit-il.

Derrière lui, je vis Fishbein et Halpern, tous deux en uniforme empesé et portant à la main une mallette comme celle de Grossbart.

— Sergent, je suis tombé sur Mickey et Larry à la sortie du cinéma. J'ai failli les rater.

— Grossbart, ne vous ai-je pas dit de n'en parler à personne ?

— Mais ma tante a dit que je pouvais amener des amis. Que je devais même.

— Je suis sergent, Grossbart — pas votre tante !

Grossbart me regarda d'un air ébahi ; il tira Halpern par la manche.

— Mickey, dis au sergent ce que ça représenterait pour toi.

— Grossbart, pour l'amour du ciel, épargnez-nous…

— Dis-lui ce que tu m'as dit, Mickey. Ce que ça représenterait pour toi.

Halpern me regarda et, d'un haussement d'épaules, avoua :

— Beaucoup.

Fishbein avança sans être poussé.

— Ce serait très important pour moi et mes parents, sergent Marx.

— Non ! hurlai-je.

Grossbart secouait la tête.

— Sergent, je pouvais vous imaginer me

refusant à moi, mais comment vous pouvez refuser à Mickey, un garçon de la Yeshivah, ça me dépasse.

— Je ne refuse rien à Mickey. Vous êtes simplement allé un peu trop loin, Grossbart. C'est *vous* qui m'avez refusé.

— Je vais lui donner ma permission alors, dit Grossbart. Je vais lui donner l'adresse de ma tante et un petit mot. Au moins laissez-le y aller, lui.

En une seconde, il avait enfoncé le papier dans la poche du pantalon d'Halpern. Halpern me regarda, Fishbein aussi. Grossbart était à la porte, poussant le battant.

— Mickey, rapporte-moi au moins un morceau de *gefilte fish*, — puis il sortit.

Nous nous regardâmes tous les trois, puis je dis :

— Halpern, donnez-moi ce papier.

Il le tira de sa poche et me le tendit. Fishbein s'était maintenant rapproché de la porte où il attendait, hésitant. Il resta là, la bouche entrouverte, puis, se désignant du doigt :

— Et moi ? demanda-t-il.

Son attitude d'un ridicule extrême

m'acheva. Je m'écroulai sur ma chaise et sentis un pouls cogner derrière mes yeux.

— Fishbein, dis-je, vous comprenez que je ne vous refuse rien, n'est-ce pas ? Si c'était mon armée, je servirais du *gefilte fish* au réfectoire. Je vendrais du *kigel*[1] au PX, parole d'honneur.

Halpern sourit.

— Vous comprenez, Halpern, n'est-ce pas ?

— Oui, sergent.

— Et vous, Fishbein ? Je ne veux pas d'ennemis. Je suis comme vous : je veux faire mon temps et rentrer chez moi. Je ressens les mêmes manques que vous.

— Eh bien, sergent, interrompit Fishbein, pourquoi ne venez-vous pas avec nous ?

— Où ?

— À Saint Louis. Chez la tante de Shelly. Nous aurons un vrai seider. Nous jouerons à *cache-matzah*[2].

Il ouvrit un large sourire de dents noires.

1. Gâteau de riz *(N.d.T.)*.

2. *Cache-matzah* : au cours du repas de Seider, il est de tradition de cacher une tranche de pain azyme. Celui qui la trouve a droit à un cadeau *(N.d.T.)*.

J'aperçus Grossbart dans l'embrasure de la porte, de l'autre côté des battants.

— Psst ! — Il brandit une feuille de papier. — Mickey, voici l'adresse. Dis-lui que je n'ai pas pu sortir.

Halpern ne bougea pas. Il me regarda et je vis le haussement remonter le long de ses bras jusqu'aux épaules. J'enlevai le couvercle de ma machine à écrire et tapai des permissions pour lui et Fishbein.

— Allez-y, dis-je, tous les trois.

Je crus qu'Halpern allait m'embrasser la main.

Cet après-midi, dans un bar de Joplin, je bus de la bière et écoutai d'une oreille la retransmission du match de base-ball de Saint Louis. J'essayai d'examiner en face la situation dans laquelle je venais de m'engager, et commençai à me demander si peut-être la lutte avec Grossbart n'était pas autant ma faute que la sienne. Qui étais-je pour me permettre de couver des sentiments généreux ? Qui étais-je pour m'être montré si mesquin, si dur ? Après tout, on ne me demandait pas de changer le monde. Avais-je le droit, par conséquent, ou une raison, de m'acharner sur Grossbart quand cela signifiait s'acharner sur Halpern également ? Et Fishbein, cette figure laide et agréable, n'en souffrirait-il pas aussi ? Parmi les nombreux souvenirs qui m'avaient assailli ces derniers jours, j'entendis monter de mon enfance la voix de ma grand-mère : « Pourquoi fais-tu un *tsimes ?* » C'était ce qu'elle disait à ma mère quand, par exemple, je m'étais coupé avec un couteau et que sa fille se mettait à hurler contre moi. J'avais besoin d'une caresse et d'un baiser, et ma mère faisait de la morale ! Mais ma grand-mère savait : la pitié dépasse la justice. J'aurais dû le savoir aussi. Qui était Nathan Marx pour être si avare de générosité ? Certainement, pensai-je, le Messie lui-même — à supposer qu'il vienne jamais — ne sera pas aussi regardant. S'il plaît à Dieu, il distribuera caresses et baisers.

Le lendemain matin, tandis que nous jouions au base-ball sur le terrain de manœuvres, je décidai de demander à Bob Wright, un sous-officier affecté à la section Classification et Affectations, où il pensait que nos recrues seraient envoyées une fois leurs classes terminées, dans deux semaines. Je lui demandai innocemment, entre deux tours de batte, et il dit : « On les envoie tous dans le Pacifique. Shulman a reçu les ordres concernant tes gars l'autre jour. »

La nouvelle me fit un choc, comme si j'avais été le père d'Halpern, de Fishbein et de Grossbart.

Cette nuit-là, j'allais juste sombrer dans le sommeil quand on frappa à ma porte.

— Qu'est-ce que c'est ?

— Sheldon.

Il ouvrit la porte et entra. Je perçus un moment sa présence sans pouvoir le distinguer.

— Comment était-ce ? demandai-je, comme si je parlais à l'obscurité.

Il apparut à la lumière, devant moi.

— Formidable, sergent.

Je sentis mon sommier s'enfoncer ; Grossbart était assis sur le rebord du lit. Je me soulevai.

— Et vous ? demanda-t-il. Bon week-end ?

— Oui.

Il respira profondément, puis d'un ton paternel :

— Les autres sont allés se coucher...

Nous restâmes un moment silencieux, tandis qu'une sensation douillette envahissait mon affreux petit réduit : la porte était fermée, le chat dehors, les enfants au lit, en sécurité.

— Sergent, puis-je vous dire quelque chose ? de personnel ?

Je ne répondis pas et il sembla savoir pourquoi.

— Pas à mon sujet. Celui de Mickey. Sergent, je n'ai jamais eu autant de sentiment pour quelqu'un comme j'en ai pour lui. La nuit dernière, j'ai entendu Mickey à côté de moi. Il pleurait tellement que c'était à fendre le cœur. De vrais sanglots.

— Je suis désolé.

— J'ai dû lui parler pour le calmer. Il a pris ma main, sergent... il ne voulait plus la lâcher. Il était presque hystérique. Il n'arrêtait pas de dire si seulement il savait où on nous envoie. Même s'il savait que *c'est* le Pacifique, ça serait mieux que rien. Seulement savoir.

Il y a bien longtemps, quelqu'un avait appris à Grossbart la triste loi qui consiste à prêcher le faux pour savoir le vrai. Non pas que je ne pusse croire aux pleurs d'Halpern — ses yeux avaient toujours l'air rouges. Mais vrai ou faux, cela devint un mensonge au moment où Grossbart en parla. Ce garçon n'était que stratégie. Mais — et cette idée prit force d'une accusation — je l'étais aussi ! Il y a des stratégies d'agression et des stratégies de retraite. Ainsi, reconnaissant que je n'avais pas été moi-même dépourvu d'adresse ni de ruse, je lui dis ce que je savais :

— C'est le Pacifique.

Il émit un petit halètement, qui n'était pas un mensonge.

— Je lui dirai. J'aurais aimé qu'il en soit autrement.

— Moi aussi.

Il sauta sur mes mots.

— Vous voulez dire que vous pensez pouvoir faire quelque chose ? Une mutation peut-être ?

— Non, je ne peux rien faire.

— Vous ne connaissez personne à la section Classification et Affectations ?

— Grossbart, je ne peux rien faire. Si votre affectation est pour le Pacifique, alors c'est le Pacifique.

— Mais Mickey…

— Mickey, vous, moi… tout le monde, Grossbart. Il n'y a rien à faire. La guerre sera peut-être terminée avant que vous partiez. Priez pour un miracle.

— Mais…

— Bonne nuit, Grossbart.

Je me recouchai, et fus soulagé de sentir les ressorts se détendre tandis que Grossbart se levait pour s'en aller. Je le voyais distinctement à présent ; sa mâchoire s'était affaissée et il avait l'air d'un champion hébété. Je remarquai qu'il tenait un petit sac en papier à la main.

— Grossbart. — Je souris. — Mon cadeau ?

— Ah oui, sergent. Tenez, de nous tous. — Il me tendit le paquet. — C'est un pâté aux œufs.

— Un pâté aux œufs ?

J'acceptai le paquet et sentis une tache humide de graisse par en dessous. Je l'ouvris, persuadé que Grossbart plaisantait.

— On a pensé que vous aimeriez ça. Vous savez, de l'œuf à la chinoise. On a pensé que ça vous plairait...

— Votre tante a servi des œufs à la chinoise ?

— Elle n'était pas là.

— Grossbart, elle vous avait invité. Vous m'avez dit qu'elle vous avait invités, vous et vos amis.

— Je sais. Je viens de relire la lettre. Pour la semaine prochaine.

Je sortis du lit et m'approchai de la fenêtre. Il faisait noir à perte de vue.

— Grossbart, dis-je. Mais je ne l'appelais pas.

— Quoi ?

— Qu'est-ce que vous êtes, Grossbart ? Dites-moi la vérité.

Je crois que c'était la première fois que je lui posais une question pour laquelle il n'avait pas de réponse toute prête.

— Comment pouvez-vous faire ça aux gens ? demandai-je.

— Sergent, le jour de permission nous a fait à tous le plus grand bien. Fishbein, vous auriez dû le voir, il *adore* la cuisine chinoise.

— Mais le seider, dis-je.

— Nous avons fait pour le mieux, sergent.

La rage me prit soudain d'assaut. Je ne tentai pas de l'éviter — je la saisis, la tirai à moi, la tins serrée contre ma poitrine.

— Grossbart, vous êtes un menteur ! Vous êtes un hypocrite et un escroc ! Vous n'avez aucun respect pour quoi que ce soit ! Pas le moindre ! Ni pour moi, ni pour la vérité, ni même pour le pauvre Halpern ! Vous nous utilisez tous...

— Sergent, sergent, j'ai du sentiment pour Mickey, parole d'honneur. *J'aime* Mickey. J'essaie...

— Vous essayez ! Vous avez du sentiment ! — Je me glissai vers lui et l'agrippai par le devant de sa chemise. Je le secouai furieusement. — Grossbart, fichez le camp. Fichez le camp et ne m'approchez plus ! Car si je vous vois, je vous rendrai la vie impossible. *Vous avez compris ?*

— Oui.

Je le lâchai, et lorsqu'il eut quitté la pièce, j'eus envie de cracher par terre à l'endroit où il s'était tenu. Je ne pouvais empêcher la fureur de monter en moi. Elle m'avala, me possédа, jusqu'à ce qu'il semblât que je ne pourrais m'en débarrasser que par des larmes ou un acte de violence. J'arrachai du lit le paquet que Grossbart m'avait donné et, de toutes mes forces, je le jetai par la fenêtre. Et le lendemain matin, alors que les hommes nettoyaient le terrain autour des quartiers, j'entendis l'un d'eux pousser un grand cri : « Du pâté aux œufs ! hurla-t-il. Dieu du ciel, des œufs à la chinoise ! » Il n'avait prévu que les habituels mégots et papiers de bonbons.

Une semaine plus tard, en lisant la liste des affectations qui venaient d'arriver de la section C et A, je ne pus en croire mes yeux. Toutes les recrues devaient être acheminées sur Camp Stoneham, Californie, et de là vers le Pacifique. Toutes les recrues, sauf une : le soldat Sheldon Grossbart, qui devait être envoyé à Fort Monmouth, New Jersey. Je relus plusieurs fois la feuille ronéotypée. Dee, Farrell, Fishbein, Fuselli, Fylypowycz, Glinicki, Gromke, Gucwa, Halpern, Hardy, Helebrandt… jusqu'à Anton Zygadlo, tous devaient être dirigés vers l'ouest avant un mois. Tous sauf Grossbart. Il avait fait jouer un piston et ce n'était pas moi.

Je décrochai le téléphone et appelai la section C et A.

À l'autre bout du fil, une voix coupante dit :

— Caporal Shulman.

— Passez-moi le sergent Wright.

— Qui est à l'appareil, s'il vous plaît ?

— Sergent Marx.

Et à mon étonnement, la voix dit : « Oh. » Puis : « Une minute, sergent. »

Le *oh* de Shulman me resta tandis que j'attendais que Wright vînt au téléphone. Pourquoi *oh ?* Qui était Shulman ? Puis, tout simplement, je sus que j'avais découvert le piston de Grossbart. Je pouvais même entendre Grossbart le jour où il avait fait la connaissance de Shulman, au PX, ou dans l'allée du bowling, ou même peut-être à un office du vendredi soir. « Enchanté de vous connaître. D'où êtes-vous ? Bronx ? Moi aussi. Vous connaissez un tel ? Et un tel ? Moi aussi ! Vous travaillez aux C et A ? Vraiment ! Dites-moi, quelles chances y a-t-il d'être envoyé à l'est ? Pourriez-vous faire quelque chose, changer quelque chose ? Escroquer, tricher, mentir ? Il nous faut nous entraider, vous savez... si les Juifs en Allemagne... »

À l'autre bout, Bob Wright répondit.

— Ça va Nat ? Comment va le bras ?

— Bien. Bob, pourrais-tu me rendre un service ?

J'entendis clairement mes paroles et elles me rappelèrent si fort Grossbart que je me laissai aller plus facilement à ce que j'avais projeté de faire que je ne l'avais prévu.

— Ça peut paraître idiot, Bob, mais j'ai un gosse ici qui a été affecté à Monmouth et qui voudrait changer son affectation. Il a eu un frère tué en Europe et il veut absolument aller dans le Pacifique. Il dit qu'il se sentirait poltron s'il se tenait à l'écart. Je ne sais pas, Bob, est-ce qu'on peut faire quelque chose ? Mettre quelqu'un d'autre dans le casier Monmouth ?

— Qui ? demanda-t-il astucieusement.

— N'importe qui. Le premier type par ordre alphabétique. Ça m'est égal. Le gosse a simplement demandé si on pouvait faire quelque chose.

— Quel est son nom ?

— Grossbart, Sheldon.

Wright ne répondit pas.

— Oui, dis-je. C'est un Juif, alors il a pensé que je pourrais l'aider. Tu sais.

— Je crois que je peux faire quelque chose, dit-il finalement. Le Major n'est pas venu ici depuis des semaines — affectation provisoire au terrain de golf. Je vais essayer, Nat, c'est tout ce que je peux dire.

— Je t'en serais reconnaissant, Bob. À dimanche.

Et je raccrochai, en transpiration.

Et le lendemain, la liste d'affectations arriva, corrigée : Fishbein, Fuselli, Fylypowycz, Glinicki, Grossbart, Gucwa, Halpern, Hardy… Le fortuné soldat Harly Alton devait aller à Fort Monmouth, New Jersey, où, pour une raison ou pour une autre, ils avaient besoin d'un conscrit doué d'une instruction d'infanterie.

Après le dîner, ce soir-là, je m'arrêtai à la salle de rapport pour mettre à jour le tableau de garde. Grossbart m'y attendait. Il parla le premier.

— Espèce de salaud !

Je m'assis à mon bureau et, tandis qu'il me jetait un regard furieux, je me mis en devoir de porter les modifications nécessaires sur le tableau de service.

— Qu'est-ce que vous avez contre moi ? cria-t-il. Contre ma famille ? Ça vous tuerait que je sois près de mon père, Dieu sait combien de mois il lui reste à vivre !

— Pourquoi ?

— Le cœur, dit Grossbart. Il n'a pas eu assez d'ennuis dans sa vie, il faut que vous lui en ajoutiez. Je maudis le jour où je vous ai rencontré, Marx ! Shulman m'a raconté ce qui s'est passé là-bas. Il n'y a pas de limite à votre antisémitisme ! Le tort que vous avez causé ici ne vous suffit pas. Il faut que vous passiez un coup de téléphone spécial ! Vous voulez vraiment ma mort !

Je portai les dernières annotations sur le tableau et me levai pour partir.

— Bonsoir, Grossbart.

— Vous me devez une explication ! — Il me barra le chemin.

— Sheldon, c'est vous qui me devez une explication.

Il prit un air menaçant.

— *À vous ?*

— À moi, il me semble, oui. Surtout à Fishbein et Halpern.

— C'est ça, déformez tout. Je ne dois rien à personne. J'ai fait tout ce que j'ai pu pour eux. Je crois que j'ai le droit de m'occuper de moi maintenant.

— Nous devons apprendre à nous occuper les uns des autres, Sheldon. C'est vous qui l'avez dit.

— Vous appelez ça vous occuper de moi, ce que vous avez fait ?

— Non. De nous tous.

Je le repoussai et me dirigeai vers la porte. J'entendis sa respiration furieuse derrière moi ; on aurait dit de la vapeur qui s'échappait de la terrible machine que représentait sa force.

— Vous ne craignez rien, dis-je de la porte. Et, pensai-je, Fishbein et Halpern non plus, même dans le Pacifique, si seulement Grossbart pouvait continuer à tirer profit de l'obséquiosité de l'un et de la douce spiritualité de l'autre.

Je restai devant la salle de rapport et j'entendis Grossbart pleurer derrière mon dos.

Plus loin, dans les chambres, par les fenêtres éclairées, j'apercevais les garçons en T-shirt assis sur leurs couchettes, parlant de leur affectation comme ils le faisaient depuis deux jours. Avec une espèce de nervosité tranquille, ils ciraient leurs chaussures, faisaient briller leurs boucles de ceinture, rangeaient leurs sous-vêtements, essayant de leur mieux d'accepter leur sort. Derrière moi, Grossbart reniflait, acceptant le sien. Et, résistant de toutes mes forces au désir de me retourner et de demander pardon pour ma rancœur, j'acceptai le mien.

L'habit ne fait pas le moine

C'est en première année de high-school[1], il y a de cela quinze ans, qu'à un cours dit d'« Orientation Professionnelle », je fis la connaissance de l'ex-forçat Alberto Pelagutti. La première semaine, mes camarades et moi reçûmes un « jeu de tests » destiné à dévoiler nos dons, nos faiblesses, nos tendances et notre personnalité. À la fin de la semaine, M. Russo, notre professeur, additionna les dons, retrancha les faiblesses et nous révéla quel était le métier qui convenait le mieux à nos talents respectifs ; c'était mystérieux mais scientifique. Je me rappelle que nous avons commencé par un « Test de préférence » : « Que préféreriez-vous faire,

1. Cycle de préparation à l'enseignement supérieur *(N.d.T.)*.

ceci, cela ou autre chose... » Albie Pelagutti était assis derrière moi, à gauche, et tandis qu'au cours de cette première journée de high-school, je traversais paisiblement cette épreuve, de l'étude des fossiles à la défense des criminels, Albie, tel l'intérieur du Vésuve, montait, descendait, sautait, s'agitait et se gonflait sur sa chaise. Lorsqu'il faisait enfin un choix, il le faisait. On pouvait entendre son crayon tracer le × dans la colonne face à l'activité dans laquelle il pensait qu'il était le plus sage de s'engager. Sa souffrance renforçait la légende qui l'avait précédé : il avait dix-sept ans, sortait de la maison de redressement de Jamesburg ; c'était sa troisième high-school, sa troisième première année ; mais maintenant — j'entendis un autre × rejoindre sa case — il avait décidé de « suivre le droit chemin ».

— Je vais boire un verre, dit-il.

Russo s'évertuait à nous faire savoir qu'il était un franc-joueur et que, contrairement à certains professeurs que nous avions pu avoir, il n'allait pas sortir par la porte principale et se glisser jusqu'à la porte du fond pour vérifier si nous avions bien le sens des responsabilités. Et en effet, lorsqu'il revenait, ses lèvres étaient humides et lorsqu'il disait aller aux toilettes, on pouvait sentir le savon sur ses mains.

— Prenez votre temps, les gars, disait-il, et la porte se refermait sur lui.

Ses chaussures noires en bec d'aigle battirent le marbre du couloir et cinq doigts épais s'enfoncèrent dans mon épaule. Je me retournai ; c'était Pelagutti.

— Quoi ? dis-je.

— Numéro vingt-six, dit Pelagutti, que faut-il répondre ?

Je lui offris la vérité :

— N'importe quoi.

Pelagutti se pencha sur sa table et me foudroya du regard. C'était un hippopotame, gros, noir et sentant fort ; ses manches courtes enserraient ses bras monstrueux comme pour en prendre la tension artérielle, qui, à cet instant, était d'une hauteur démesurée.

— Que faut-il répondre !

Sous la menace, je revins trois pages en arrière dans mon questionnaire et relus le numéro vingt-six : « Que préféreriez-vous faire : 1) Assister à un Congrès International du Commerce ; 2) Cueillir des cerises ; 3) Tenir compagnie et faire la lecture à un ami malade ; 4) Bricoler avec des moteurs de voitures. » Je jetai à Albie un regard vide et haussai les épaules.

— Ça n'a pas d'importance : il n'y a pas de réponse juste. N'importe quoi.

Il se projeta presque hors de son siège.

— Ne me raconte pas de salades ! Quelle est la réponse ?

Des têtes étranges se levèrent dans toute la classe : des yeux au regard étroit, des lèvres sifflantes, des sourires désapprobateurs — et je réalisai que Russo pouvait revenir d'un moment à l'autre, les lèvres humides, et que dès le premier jour de classe je me ferais prendre à tricher. Je jetai un autre regard au numéro vingt-six, puis à Albie ; puis, attiré vers lui — comme toujours — par un sentiment de colère, de pitié, de crainte, d'amitié, de vengeance et une tendance à l'ironie qui était à l'époque aussi délicate qu'un marteau-pilon, je chuchotai :

— Tenir compagnie et faire la lecture à un ami malade.

Le volcan s'apaisa et Albie et moi avions fait connaissance.

Nous devînmes amis. Il resta à côté de moi pendant toute la durée des tests, puis à l'heure du déjeuner, puis après les cours. J'appris que, tout jeune, Albie avait fait toutes les choses que moi, bien dirigé, je n'avais pas faites : il avait mangé des hamburgers dans des restaurants louches, il était sorti dans la rue après une douche froide, en hiver, les cheveux mouillés ; il avait été cruel envers les animaux ; il avait fréquenté des prostituées ; il avait volé, il avait été pris, et il avait payé. Mais maintenant, me dit-il tandis que je déballais mon déjeuner dans la pâtisserie en face de l'école :

— Maintenant, j'ai fini de faire la bringue. Je vais m'instruire, je vais... — et je crois qu'il tira l'expression d'une comédie musicale qu'il avait vue la veille alors que nous étions tous en cours d'anglais — je vais repartir du bon pied.

Lorsque Russo communiqua les résultats des tests, la semaine suivante, il apparut qu'Albie était non seulement parti du bon pied, mais qu'il rencontrait des chemins étranges et merveilleux. Russo était assis à son bureau ; des piles de tests amoncelées devant lui comme des munitions, des graphiques et des diagrammes en énormes tas de chaque côté, il nous dévoila nos destins. Albie et moi allions faire du droit.

De tout ce qu'Albie m'avoua cette première semaine, un fait en particulier se grava dans ma mémoire : j'oubliai vite dans quelle ville de Sicile il était né ; la profession de son père (il fabriquait de la glace ou la livrait) ; l'année et le modèle des voitures qu'il avait volées. Mais je n'oubliai pas qu'Albie avait apparemment été la vedette de l'équipe de base-ball de la maison de redressement de Jamesburg. Lorsque le professeur de gymnastique, M. Hopper, me sélectionna comme capitaine de l'équipe de base-ball de ma classe (nous jouions au base-ball presque jusqu'à la fin des championnats du monde, puis nous passions au football), je savais qu'il me fallait prendre Pelagutti avec moi. Avec ses bras, il pourrait envoyer la balle à un kilomètre.

Le jour où l'on devait former les équipes, Albie ne me quitta pas d'une semelle, pendant qu'au vestiaire je passais mes vêtements de gymnastique : cache-sexe, short kaki, T-shirt, grosses chaussettes et chaussures de tennis. Albie s'était déjà changé : sous son short kaki, il ne portait pas de cache-sexe mais avait gardé son caleçon mauve, lequel dépassait de dix centimètres sous son short comme un grand ourlet de fantaisie. Au lieu d'un T-shirt, il portait un maillot de corps sans manches et, dans ses chaussures de basket noires, il avait de fines chaussettes de soie noire brodées d'une flèche de chaque côté. Nu, il aurait pu, tels d'illustres ancêtres, terrasser des lions au Colisée ; son accoutrement, bien que je ne lui en soufflasse mot, lui enlevait de la dignité.

Durant le trajet qui nous mena du vestiaire au terrain illuminé par le soleil de septembre, en passant par l'obscur couloir du sous-sol, il ne cessa de parler :

— Je n'ai pas fait de sport quand j'étais gosse, mais j'ai joué à Jamesburg et le baseball m'est venu tout seul.

Je hochai la tête.

— Qu'est-ce que tu penses de Pete Reiser ? demanda-t-il.

— Il est assez bon, dis-je.

— Qu'est-ce que tu penses de Tommy Henrich ?

— Je ne sais pas, répondis-je, il est variable, je crois.

Comme supporter de Dodger, je préférais Reiser à l'Henrich des Yankees ; en outre, mes goûts ont toujours été un peu baroques et Reiser, qui sautait souvent par-dessus les murs du terrain pour sauver le match de Brooklyn, avait gagné un trophée spécial dans la coupe de mon cœur.

— Oui, dit Albie, je les aime bien, tous les Yankees.

Je n'eus pas le temps de demander à Albie ce qu'il entendait par là, car M. Hopper, le teint hâlé, souriant, droit, faisait déjà sauter une pièce de monnaie ; je levai les yeux, vis le scintillement au soleil et lançai « face ». Elle tomba pile et l'autre capitaine eut l'avantage de choisir en premier. Mon cœur se contracta lorsque ses yeux se posèrent sur les bras d'Albie, puis se calma quand il choisit le type classique du baseman, grand et mince. Immédiatement, je dis : « Je prends Pelagutti. » On ne voit pas souvent des sourires comme celui qui traversa le visage d'Albie à ce moment-là : on aurait dit que je l'avais sauvé de la peine de mort.

La partie commença. Je jouais shortstop [1] — de la main gauche — et je battais deuxième ; Albie était au centre et, sur sa demande, battait quatrième. Leur premier baseman lança la balle, j'envoyai au premier baseman. Le batteur suivant renvoya une balle très haute vers le centre du terrain. Au moment où je vis Albie se mouvoir en direction de la balle, je sus que Tommy Henrich et Pete Reiser n'étaient que des noms pour lui ; tout ce qu'il savait sur le base-ball, il l'avait potassé la veille ; ses poignets étaient collés l'un à l'autre, ses deux mains s'ouvraient et se refermaient comme les ailes d'un papillon, dans un geste de supplication envers la balle.

— Allons viens, hurla-t-il au ciel, viens, salope...

Et ses jambes montaient et descendaient comme une pompe de bicyclette. J'espère

1. Joueur placé entre le deuxième et le troisième baseman *(N.d.T.)*.

que je ne mettrai pas autant de temps à mourir que n'en mit cette balle à retomber. Elle restait suspendue, suspendue, et Albie gambadait au-dessous comme un Holy Roller[1]. Enfin elle atterrit, pan ! sur la poitrine d'Albie. Le batteur avait rejoint le deuxième baseman et courait déjà vers le troisième tandis qu'Albie tournoyait encore, les bras tendus, comme s'il jouait à la ronde avec des enfants imaginaires.

— Derrière toi, Pelagutti ! hurlai-je.

Il s'arrêta net.

— Quoi ? me cria-t-il.

Je parcourus un quart de terrain en direction du centre.

— Derrière toi ; relaie !

Et tandis que le coureur arrivait au troisième baseman, il me fallut rester là, à lui expliquer ce qu'était un « relais ».

À la fin de la première moitié du premier tour de batte, nous étions perdants — 8-0, huit courses, toutes relayées trop tard par Pelagutti.

1. Secte religieuse dont les membres, lors des cérémonies, entrent en transe et se roulent par terre *(N.d.T.)*.

Par pur plaisir masochiste, il faut que je décrive Albie à la base : d'abord, il faisait *face* au lanceur ; puis, quand il sautait sur la balle — ce qu'il faisait sur toutes — ce n'était pas de côté mais vers le bas, comme pour enfoncer une patère dans le sol. Ne me demandez pas s'il était gaucher ou droitier, je n'en sais rien.

Pendant que nous nous changions dans le vestiaire, je restai silencieux. Je bouillais, tout en observant Pelagutti du coin de l'œil. Il balança ses ridicules baskets noirs et enfila sa chemise rose de gaucho sur son maillot de corps — il y avait encore une marque rouge au-dessus du U du maillot de corps, à l'endroit où la première balle volante l'avait frappé. Sans retirer son short, il hissa son pantalon sur les taches rouges laissées par des balles à terre qui avaient rebondi sur ses tibias, sur les taches rouges où des balles lancées avaient frappé ses genoux et ses cuisses.

Je finis par parler.

— Sacré nom de Dieu, Pelagutti, tu ne reconnaîtrais pas Pete Reiser si tu marchais dessus !

Il fourrait ses chaussures dans son casier ;

il ne répondit pas. Je m'adressai à la montagne de rose qui lui servait de dos :

— Pourquoi m'as-tu raconté que tu avais joué pour cette équipe de prison ?

Il marmonna quelque chose.

— Quoi ? dis-je.

— C'est vrai, grommela-t-il.

— À d'autres ! dis-je.

Il se retourna et me lança un regard noir :

— C'est vrai !

— Ça devait en être une équipe ! dis-je.

Nous quittâmes le vestiaire sans échanger une parole de plus. En remontant au cours d'Orientation Professionnelle, nous passâmes devant le bureau du professeur de gymnastique. M. Hopper leva les yeux de son bureau et me fit un clin d'œil. Puis il désigna Pelagutti d'un signe de tête pour montrer qu'il savait que j'étais tombé sur un os, mais comment avais-je pu croire qu'un vaurien comme Pelagutti pouvait être un Américain cent pour cent ? Puis M. Hopper rebaissa son visage coloré aux ultra-violets sur son bureau.

— Maintenant, dis-je à Pelagutti sur le palier du second étage, je vais t'avoir sur les bras jusqu'à la fin du trimestre.

Il continua à avancer sans répondre ; son derrière de bœuf aurait dû être muni d'une queue pour chasser les mouches ; il me rendait furieux.

— Salaud de menteur ! dis-je.

Il fit volte-face aussi vite qu'un bœuf en est capable.

— T'as personne sur les bras.

Nous étions au bout du palier qui donnait sur le couloir bordé de casiers ; les gars massés dans l'escalier derrière nous s'arrêtèrent pour écouter.

— Non, t'as personne sur les bras, espèce d'âne morveux !

Et je vis cinq articulations poilues arriver droit sur ma bouche. J'esquissai un geste mais trop tard, et j'entendis un craquement dans l'arête de mon nez. Je sentis mes hanches partir en arrière, mes jambes et ma tête tomber en avant et, courbé en C, je fis cinq mètres à reculons avant de sentir le marbre froid sous mes mains. Albie me contourna et entra dans la salle d'Orientation Professionnelle. Au même moment, je levai la tête et aperçus les chaussures noires en bec d'aigle de M. Russo pénétrer dans la salle également. J'étais presque sûr qu'il avait vu Albie me frapper mais je n'en aurais jamais la certitude absolue. Personne, y compris Albie et moi-même, n'en reparla jamais. Cela avait peut-être été une erreur de ma part de traiter Albie de menteur, mais s'il avait été une vedette du base-ball, c'était dans une équipe que je ne connaissais pas.

Par contraste, je veux vous présenter Duke Scarpa, un autre ancien forçat, qui était avec nous cette année-là. Incidemment, ni Albie ni Duke n'étaient des membres typiquement représentatifs de ma communauté scolaire. Ils habitaient tous deux à l'autre bout de Newark, « en bas », et ils ne nous étaient parvenus qu'après que l'Office scolaire[1] eut placé Albie dans deux autres écoles et Duke dans quatre. L'Office espérait, comme Marx, que la haute culture finirait par absorber la basse.

Albie et Duke n'étaient pas très liés ; alors qu'Albie avait décidé de suivre le droit che-

1. Aux États-Unis, chaque État possède son propre Office scolaire, rattaché au Ministère de l'Éducation Nationale. Cet office est doué d'une très grande autonomie *(N.d.T.)*.

min, on avait toujours l'impression que dans son calme huileux, sa grâce invertébrée, le Duc préparait un coup. Cependant, bien qu'il n'y eût jamais d'affection entre eux, Duke nous recherchait, Albie et moi, conscient, je suppose, que si Albie le méprisait c'était parce qu'il pouvait lire dans son âme — et qu'un tel associé était plus facile à supporter qu'un autre qui vous méprise parce qu'il ne connaît pas votre âme du tout. Là où Albie était un hippopotame, un bœuf, Duke était un reptile. Moi ? Je ne sais pas ; il est facile de reconnaître l'animal chez autrui.

À l'heure du déjeuner, Duke et moi avions l'habitude de boxer dans le hall devant la cafétéria. Il était incapable de distinguer un crochet d'un jab et n'aimait pas voir maltraiter sa peau brune ou ébouriffer ses cheveux ; mais il prenait un tel plaisir à bouger, se baisser, se rouler, se dérouler, que je crois qu'il aurait payé pour avoir le privilège de jouer au serpent avec moi. Il m'hypnotisait, le Duc ; il touchait quelque recoin visqueux en moi — alors qu'Albie cherchait à faire vibrer une corde plus profonde et, je crois, plus noble.

Mais je présente Albie comme un enfant de chœur. Laissez-moi vous raconter ce que lui et moi fîmes à M. Russo.

Russo croyait en son jeu de tests comme ses parents immigrants (et ceux d'Albie, et peut-être Albie lui-même) croyaient en l'infaillibilité du pape. Si les tests disaient qu'Albie devait faire du droit, alors il devait faire du droit. Quant au passé d'Albie, il semblait qu'il ne fît qu'accroître la dévotion de Russo pour la prophétie : il s'approchait d'Albie, le salut dans les yeux. En septembre, il donna à Albie une biographie à lire, la vie de Oliver Wendell Holmes ; en octobre, une fois par semaine, il fit parler le pauvre garçon à l'impromptu devant la classe ; en novembre, il lui imposa un compte rendu de la Constitution, que je fis ; puis en décembre, dernière indignité, il nous envoya, Albie et moi (ainsi que deux autres élèves ayant révélé un penchant juridique), au Palais de Justice de l'Essex, où nous pourrions voir de « vrais juristes en action ».

C'était une matinée froide et venteuse ; dans la cour du Palais de Justice, nous balançâmes nos mégots au nez de la statue de Lincoln, et nous commencions à monter le grand escalier de ciment blanc, lorsque Albie fit brusquement demi-tour, retraversa la cour et sortit dans Market Street. Je l'appelai, mais il cria qu'il avait déjà vu tout ça, puis il se mit à courir vers les rues bondées de la basse ville, poursuivi, non par la police, mais par son passé. Ce n'était pas qu'il considérât Russo comme un imbécile de l'avoir envoyé visiter le Palais de Justice. Albie avait bien trop de respect envers les professeurs pour le penser ; je crois qu'il avait plutôt l'impression que Russo avait essayé de lui fourrer le nez dedans.

Pas de surprise donc lorsque le lendemain, après la gymnastique, Albie annonça son attaque contre le professeur d'Orientation Professionnelle. C'était le premier crime qu'il projetait depuis qu'il avait pris la décision de suivre le droit chemin, en septembre. Il me traça les grandes lignes de l'action et m'enjoignit de communiquer les détails aux autres élèves de la classe. En tant qu'agent de liaison entre Albie et les garçons sains et bien élevés comme moi-même, qui formaient le reste de la classe, j'étais stationné à la porte et tandis que chaque élève entrait, je glissai le plan dans son oreille : « À dix heures et quart, aussitôt que Russo se tournera vers le tableau, tu te pencheras pour relacer ta chaussure. » Si un camarade me regardait d'un air perplexe, je lui désignais Pelagutti, massif à son pupitre ; l'expression de perplexité s'évanouissait alors et un complice supplémentaire pénétrait dans la classe. Le seul qui me donna du mal fut Duke. Il écouta le plan, puis me regarda de l'air de quelqu'un qui appartient à un autre syndicat et qui, en fait, n'a jamais entendu parler du vôtre.

Enfin la cloche sonna ; je fermai la porte et gagnai silencieusement ma place. J'attendis que la pendule en arrivât au quart ; ce qu'elle fit ; puis Russo se tourna vers le tableau pour y inscrire l'échelle des salaires des ouvriers de l'aluminium. Je me penchai pour lacer mes souliers — sous toutes les tables, je vis des visages à l'envers, souriants. À ma gauche, derrière moi, j'entendis Albie siffler ; ses mains tripotaient ses chaussettes de soie noire, et le sifflement gonfla, gonfla jusqu'à devenir un tonnerre sicilien crachant sa rancune. C'était strictement une affaire entre lui et Russo. Je jetai un coup d'œil vers l'avant de la classe, mes doigts nouant et dénouant mes lacets, le sang affluant maintenant à mon visage. Je vis les jambes de Russo faire demi-tour. Quelle vision il dut avoir : à la place des vingt-six visages, il n'y avait plus rien. Que des tables.

— Ça va, dit Russo, ça va comme ça.

Puis il tapa légèrement des mains.

— Ça suffit maintenant, les gars. La plaisanterie est terminée. Redressez-vous.

Puis le sifflement d'Albie s'adressa à toutes les oreilles rouges sous les tables ; il se précipita sur nous comme un courant souterrain :

— Restez baissés.

Tandis que Russo nous enjoignait de nous redresser, nous restâmes baissés. Et nous ne nous redressâmes pas avant qu'Albie ne nous l'eût ordonné ; puis sous sa direction, nous chantâmes...

Ne t'assois pas sous le pommier
Avec un autre que moi,
Avec un autre que moi,

Avec un autre que moi,
Oh non, non, ne t'assois pas sous le pommier…

Puis nous battîmes des mains en mesure. Quel boucan !

M. Russo resta immobile devant la classe, écoutant, étonné. Il portait un costume bleu foncé à rayures, soigneusement repassé, une cravate beige avec une tête de chien au milieu, et une épingle de cravate sur laquelle étaient gravées les initiales RR ; il avait ses chaussures noires en bec d'aigle ; elles brillaient. Russo, qui avait foi en la propreté, l'honnêteté, la ponctualité, les destins prévus — qui croyait à l'avenir, à l'Orientation Professionnelle ! Et à côté de moi, derrière moi, sur moi, en moi… Albie ! Nous nous regardions, Albie et moi, et mes poumons éclataient de joie : « Ne t'assois pas sous le pommier… » La voix monocorde d'Albie tonnait ; puis une épaisse voix fluide de chanteur de charme s'éleva derrière Albie, m'envahissant de sa sonorité : c'était celle de Duc ; ses mains tapaient sur un rythme de tango.

Russo s'appuya un moment contre un

graphique d'aide visuelle : « Ouvriers spécialisés : salaires et qualifications. » Puis il tira sa chaise et s'y plongea, si profondément qu'elle sembla être sans fond. Il pencha sa grosse tête sur son bureau et ses épaules se roulèrent en avant comme les extrémités d'un papier humide ; c'est alors qu'Albie lança son coup. Il cessa de chanter : « Ne t'assois pas sous le pommier » ; nous cessâmes tous de chanter. Devant le silence, Russo leva la tête ; les yeux noirs et cernés, il regarda notre chef, Alberto Pelagutti. Lentement, Russo se mit à secouer la tête de droite à gauche : ce n'était pas un Capone, c'était un Garibaldi ! Russo attendait, j'attendais, nous attendions tous. Albie se leva lentement, et se mit à chanter : « Oh, peux-tu voir, à la lumière matinale de l'aube, ce que nous avons su fièrement appeler… » Nous nous levâmes tous et nous joignîmes à lui. Des larmes scintillant sur ses longs cils noirs, M. Robert Russo se souleva péniblement de son bureau, vaincu, et tandis que la basse de Pelagutti tonnait désastreusement derrière moi, je vis les lèvres de Russo se mettre à bouger, « les bombes éclatant dans l'air, donnèrent la preuve... » Dieu, comme nous chantions !

Albie quitta l'école en juin de cette année — il n'avait réussi qu'en Orientation Professionnelle — mais notre camaraderie, cet étrange vaisseau, avait été réduite en miettes quelques mois plus tôt. C'était en mars, à l'heure du déjeuner, le Duc et moi boxions dans le hall devant la cafétéria, et Albie, qui se montrait plus aimable envers le Duc depuis le jour où sa chaude voix fluide s'était jointe aux autres, Albie avait décidé de faire l'arbitre. Il sautait entre nous, brisait nos corps à corps, nous prévenait contre les coups bas, tirait sur le sexe tombant de Duke, bref, s'amusait bien. Je me souviens que Duke et moi étions dans un corps à corps ; tandis que je martelais ses reins de petits coups de poing, il se tordait sous mon étreinte. Le soleil brillait à travers la vitre derrière lui, illuminant ses cheveux comme un nid de serpents. Je lui bourrais les côtes et il se tortillait, je respirais fortement par le nez, les yeux rivés sur ses cheveux de serpent et, soudain, Albie se glissa entre nous, et nous sépara d'une secousse brutale : le Duc plongea de côté, moi en avant et mon poing traversa la vitre. Des pieds battirent ; en une seconde, une foule mâchonnante, forte de son innocence et de ses plaisanteries, se rassembla autour de moi, rien que moi. Albie et Duke étaient partis. Je les maudis tous les deux, les infâmes gredins ! La foule ne se dispersa pas avant que la directrice, une énorme matrone sillonnée de varices, en uniforme blanc empesé, eût noté mon nom et m'eût emmené à l'infirmerie pour m'y faire enlever les débris de verre incrustés dans mes phalanges. Plus tard dans l'après-midi, je fus appelé pour la première et dernière fois au bureau de M. Wendell, le Principal.

Quinze ans ont passé depuis ce jour, et je ne sais pas ce qu'il est advenu d'Albie Pelagutti. S'il est gangster, sa notoriété et sa fortune n'étaient pas suffisantes, il y a quelques années, pour attirer l'attention de la Commission Kefauver. Lorsque la Commission criminelle arriva dans le New Jersey, je suivis attentivement ses enquêtes, mais je ne lus jamais dans les journaux le nom d'Alberto

Pelagutti ni même celui de Duke Scarpa — encore que Dieu sait sous quel nom le Duc est connu à présent. Je sais toutefois ce qui est arrivé au professeur d'Orientation Professionnelle, car lorsqu'une autre commission sénatoriale s'abattit sur l'État il y a quelque temps, on découvrit que Robert Russo, parmi d'autres, avait été marxiste à l'époque où il faisait ses études à l'École Normale de Montclair vers 1935. Russo refusa de répondre à certaines questions de la Commission et l'Office scolaire de Newark se réunit, condamna et le congédia. Je lis parfois dans le *Newark News* que des avocats de l'Union pour les Libertés civiques essaient encore de faire changer la décision à son sujet, et j'ai moi-même envoyé une lettre à l'Office scolaire en jurant que si quoi que ce soit de subversif avait jamais été introduit dans mon esprit, cela n'était pas du fait de mon ancien professeur, M. Russo ; s'il était communiste, je ne m'en étais jamais aperçu. Je ne pus me résoudre à relater l'incident de la « bannière étoilée », ne sachant si cela était préférable ou non : sait-on ce qui est susceptible de faire preuve aux yeux des vieilles maniaques et des patrons de grands magasins qui siègent et meurent dans les Offices scolaires ?

Et si (pour modifier le texte d'un Ancien) l'histoire d'un homme est son destin, qui sait si l'Office scolaire de Newark tiendra jamais compte d'une lettre écrite par moi. Je veux dire, quinze années ont-elles enterré cet après-midi où je fus appelé chez le Principal ?

... C'était un grand monsieur distingué et lorsque j'entrai dans son bureau, il se leva et me tendit la main. Le même soleil qui avait allumé des serpents dans les cheveux de Duke une heure plus tôt, perçait à présent à travers les stores de M. Wendell et chauffait son tapis d'un vert profond.

— Enchanté, dit-il.

— Oui, répondis-je hors de propos, en enfouissant ma main bandée sous sa main valide.

Gracieusement, il dit :

— Asseyez-vous, je vous prie.

Craintif, inexpérimenté, j'esquissai une révérence ratée et m'assis. Je vis M. Wendell s'approcher d'une armoire en métal, ouvrir un tiroir et en sortir une grande fiche blanche. Il posa la fiche sur son bureau et me fit pencher de telle façon que je visse ce qui était imprimé dessus. En haut, en majuscules, il y avait mon nom en entier : les deux prénoms et le nom de famille ; au-dessous, un I en chiffre romain, et à côté, « s'est battu dans un couloir ; fenêtre brisée (19/3/42). » Déjà fiché. Et sur une grande carte avec plein de place.

Je repris mon siège et m'y adossai tandis que M. Wendell me disait que la fiche me suivrait toute ma vie. Je commençai par écouter, mais pendant qu'il continuait à parler et à parler, le côté dramatique s'évanouit de ses paroles et mon attention fut attirée par son armoire en métal. Je me mis à imaginer les fiches à l'intérieur. Celle d'Albie et celle du Duc, alors je compris — à défaut de pardonner — pourquoi les deux avaient filé, me laissant seul payer pour la vitre brisée. Albie, voyez-vous, avait toujours connu l'existence de cette armoire et de ces fiches ; moi non ; et Russo, le pauvre Russo, ne l'a apprise que récemment.

DÉCOUVREZ LES FOLIO 2 €

Parutions de janvier 2011

Ryûnosuke AKUTAGAWA — *La vie d'un idiot* précédé d'*Engrenage*

Deux nouvelles posthumes de ce grand auteur de la littérature japonaise, terribles pages qui préparent la mise en scène de son suicide...

ANONYME — *Saga d'Eiríkr le Rouge* suivi de *Saga des Groenlandais*

Le nom d'Eiríkr le Rouge évoque l'aventure, la bravoure, la magie des Vikings et les découvertes des contrées sauvages du Grand Nord...

Antoine BELLO — *Go Ganymède !*

Avec une intelligence diabolique et un humour corrosif, cette nouvelle d'anticipation illustre les enjeux et l'absurdité de la conquête spatiale.

Adalbert von CHAMISSO — *L'étrange histoire de Peter Schlemihl*

Vendre son âme au Diable... un des thèmes fondateurs du romantisme allemand, à découvrir dans ce texte pétillant d'une étonnante modernité.

COLLECTIF — *L'art du baiser.* Les plus beaux baisers de la littérature

Baisers timides, tremblants, baisers fougueux, voluptueux, brûlants...
D'Ovide, Shakespeare... à David Foenkinos ou Philippe Forest : laissez-vous emporter par ces baisers qui donnent envie de tomber amoureux.

Alexandre DUMAS — *La main droite du sire de Giac* et autres nouvelles

Le Diable n'est jamais très loin dans ces nouvelles de Dumas. Il joue des faiblesses des hommes pour leur faire commettre l'irréparable.

Guy GOFFETTE — *Les derniers planteurs de fumée*

Souvenirs, portraits d'un vagabond furtif, ces courts récits s'offrent comme une variation musicale autour du mot de Rimbaud : « On ne part pas. »

H. P. LOVECRAFT *L'horreur de Dunwich*
Verrouillez les portes, calfeutrez les fenêtres et allumez toutes les lumières avant d'ouvrir ce livre...

Léon TOLSTOÏ *Le Diable*
Peut-on résister aux tentations de la chair ? Tolstoï nous dresse un tableau diabolique de la sensualité.

Edith WHARTON *Le miroir* suivi de *Miss Mary Pask*
Spiritisme, apparition de fantômes, messages de l'au-delà... Edith Wharton révèle avec un humour piquant que les fantômes ne survivent que dans l'imagination de ceux qui les évoquent.

Dans la même collection

M. D'AGOULT *Premières années* (Folio n° 4875)
R. AKUTAGAWA *Rashômon* et autres contes (Folio n° 3931)
E. ALMASSY *Petit éloge des petites filles* (Folio n° 4953)
AMARU *La Centurie. Poèmes amoureux de l'Inde ancienne* (Folio n° 4549)
P. AMINE *Petit éloge de la colère* (Folio n° 4786)
M. AMIS *L'état de l'Angleterre* précédé de *Nouvelle carrière* (Folio n° 3865)
H. C. ANDERSEN *L'elfe de la rose* et autres contes du jardin (Folio n° 4192)
H. C. ANDERSEN *La Vierge des glaces* (Folio n° 5120)
ANONYME *Ma'rûf le savetier*. Un conte des *Mille et Une Nuits* (Folio n° 4317)
ANONYME *Le Petit-Fils d'Hercule* (Folio n° 5010)
ANONYME *Le poisson de jade et l'épingle au phénix* (Folio n° 3961)
ANONYME *Saga de Gísli Súrsson* (Folio n° 4098)

G. APOLLINAIRE — *Les Exploits d'un jeune don Juan* (Folio n° 3757)

ARAGON — *Le collaborateur* et autres nouvelles (Folio n° 3618)

I. ASIMOV — *Mortelle est la nuit* précédé de *Chante-cloche* (Folio n° 4039)

S. AUDEGUY — *Petit éloge de la douceur* (Folio n° 4618)

AUGUSTIN (SAINT) — *La Création du monde et le Temps* suivi de *Le Ciel et la Terre* (Folio n° 4322)

MADAME D'AULNOY — *La Princesse Belle Étoile et le prince Chéri* (Folio n° 4709)

J. AUSTEN — *Lady Susan* (Folio n° 4396)

M. AYMÉ — *La bonne peinture* (Folio n° 5011)

H. DE BALZAC — *La Fausse Maîtresse* (Folio n° 5063)

H. DE BALZAC — *L'Auberge rouge* (Folio n° 4106)

H. DE BALZAC — *Les dangers de l'inconduite* (Folio n° 4441)

É. BARILLÉ — *Petit éloge du sensible* (Folio n° 4787)

J. BARNES — *À jamais* et autres nouvelles (Folio n° 4839)

F. BARTELT — *Petit éloge de la vie de tous les jours* (Folio n° 4954)

S. DE BEAUVOIR — *La Femme indépendante* (Folio n° 4669)

T. BENACQUISTA — *La boîte noire* et autres nouvelles (Folio n° 3619)

K. BLIXEN — *L'éternelle histoire* (Folio n° 3692)

K. BLIXEN — *Saison à Copenhague* (Folio n° 4911)

BOILEAU-NARCEJAC — *Au bois dormant* (Folio n° 4387)

M. BOULGAKOV — *Endiablade* (Folio n° 3962)

M. BOULGAKOV	*J'ai tué* et autres récits (Folio n° 5012)
P. BOWLES	*L'éducation de Malika* (Folio n° 5121)
R. BRADBURY	*Le meilleur des mondes possibles* et autres nouvelles (Folio n° 5062)
R. BRADBURY	*Meurtres en douceur* et autres nouvelles (Folio n° 4143)
L. BROWN	*92 jours* (Folio n° 3866)
S. BRUSSOLO	*Trajets et itinéraires de l'oubli* (Folio n° 3786)
R. CAILLOIS	*Noé* et autres textes (Folio n° 4955)
J. M. CAIN	*Faux en écritures* (Folio n° 3787)
MADAME CAMPAN	*Mémoires sur la vie privée de Marie-Antoinette* (Folio n° 4519)
A. CAMUS	*Jonas ou l'artiste au travail* suivi de *La pierre qui pousse* (Folio n° 3788)
A. CAMUS	*L'été* (Folio n° 4388)
T. CAPOTE	*Cercueils sur mesure* (Folio n° 3621)
T. CAPOTE	*Monsieur Maléfique* et autres nouvelles (Folio n° 4099)
A. CARPENTIER	*Les élus* et autres nouvelles (Folio n° 3963)
CASANOVA	*Madame F.* suivi de *Henriette* (Folio n° 4956)
M. DE CERVANTÈS	*La petite gitane* (Folio n° 4273)
R. CHANDLER	*Un mordu* (Folio n° 3926)
I. DE CHARRIÈRE	*Sir Walter Finch et son fils William* (Folio n° 4708)
J. CHEEVER	*Une Américaine instruite* précédé de *Adieu, mon frère* (Folio n° 4840)
G. K. CHESTERTON	*Trois enquêtes du Père Brown* (Folio n° 4275)
E. M. CIORAN	*Ébauches de vertige* (Folio n° 4100)
COLLECTIF	*Au bonheur de lire* (Folio n° 4040)

COLLECTIF	*Au pied du sapin* (Folio n° 5122)
COLLECTIF	*« Dansons autour du chaudron »* (Folio n° 4274)
COLLECTIF	*Des mots à la bouche* (Folio n° 3927)
COLLECTIF	*« Il pleut des étoiles »* (Folio n° 3864)
COLLECTIF	*« Leurs yeux se rencontrèrent... »* (Folio n° 3785)
COLLECTIF	*L'œil du serpent.* Contes folkloriques japonais (Folio n° 5060)
COLLECTIF	*« Ma chère Maman... »* (Folio n° 3701)
COLLECTIF	*« Mon cher Papa... »* (Folio n° 4550)
COLLECTIF	*« Mourir pour toi »* (Folio n° 4191)
COLLECTIF	*« Parce que c'était lui ; parce que c'était moi »* (Folio n° 4097)
COLLECTIF	*« Que je vous aime, que je t'aime ! »* (Folio n° 4841)
COLLECTIF	*Sur le zinc* (Folio n° 4781)
COLLECTIF	*Un ange passe* (Folio n° 3964)
COLLECTIF	*1, 2, 3... bonheur !* (Folio n° 4442)
A. CONAN DOYLE	*L'interprète grec* et autres aventures de Sherlock Holmes (Folio n° 5013)
A. CONAN DOYLE	*Une affaire d'identité* et autres aventures de Sherlock Holmes (Folio n° 5015)
CONFUCIUS	*Les Entretiens* (Folio n° 4145)
J. CONRAD	*Jeunesse* (Folio n° 3743)
J. CONRAD	*Le retour* (Folio n° 4737)
F. CONROY	*Le cas mystérieux de R.* et autres nouvelles (Folio n° 5014)
B. CONSTANT	*Le Cahier rouge* (Folio n° 4639)
J. CORTÁZAR	*L'homme à l'affût* (Folio n° 3693)

J. CORTÁZAR	*La porte condamnée* et autres nouvelles fantastiques (Folio n° 4912)
J. CRUMLEY	*Tout le monde peut écrire une chanson triste* et autres nouvelles (Folio n° 4443)
D. DAENINCKX	*Ceinture rouge* précédé de *Corvée de bois* (Folio n° 4146)
D. DAENINCKX	*Leurre de vérité* et autres nouvelles (Folio n° 3632)
D. DAENINCKX	*Petit éloge des faits divers* (Folio n° 4788)
R. DAHL	*Gelée royale* précédé de *William et Mary* (Folio n° 4041)
R. DAHL	*L'invité* (Folio n° 3694)
R. DAHL	*Le chien de Claude* (Folio n° 4738)
S. DALI	*Les moustaches radar (1955-1960)* (Folio n° 4101)
V. DELECROIX	*Petit éloge de l'ironie* (Folio n° 5123)
M. DÉON	*Une affiche bleue et blanche* et autres nouvelles (Folio n° 3754)
R. DEPESTRE	*L'œillet ensorcelé* et autres nouvelles (Folio n° 4318)
R. DETAMBEL	*Petit éloge de la peau* (Folio n° 4482)
P. K. DICK	*Ce que disent les morts* (Folio n° 4389)
P. K. DICK	*Petit déjeuner au crépuscule* et autres nouvelles (Folio n° 5124)
D. DIDEROT	*Lettre sur les aveugles à l'usage de ceux qui voient* (Folio n° 4042)
F. DOSTOÏEVSKI	*La femme d'un autre et le mari sous le lit* (Folio n° 4739)
R. DUBILLARD	*Confession d'un fumeur de tabac français* (Folio n° 3965)
A. DUMAS	*La Dame pâle* (Folio n° 4390)

I. EBERHARDT	*Amours nomades* (Folio n° 4710)
M. ELIADE	*Incognito à Buchenwald...* précédé de *Adieu !...* (Folio n° 4913)
M. EMBARECK	*Le temps des citrons* (Folio n° 4596)
S. ENDO	*Le dernier souper* et autres nouvelles (Folio n° 3867)
ÉPICTÈTE	*De la liberté* précédé de *De la profession de Cynique* (Folio n° 4193)
W. FAULKNER	*Le Caïd* et autres nouvelles (Folio n° 4147)
W. FAULKNER	*Une rose pour Emily* et autres nouvelles (Folio n° 3758)
C. FÉREY	*Petit éloge de l'excès* (Folio n° 4483)
F. S. FITZGERALD	*L'étrange histoire de Benjamin Button* suivi de *La lie du bonheur* (Folio n° 4782)
F. S. FITZGERALD	*La Sorcière rousse* précédé de *La coupe de cristal taillé* (Folio n° 3622)
F. S. FITZGERALD	*Une vie parfaite* suivi de *L'accordeur* (Folio n° 4276)
É. FOTTORINO	*Petit éloge de la bicyclette* (Folio n° 4619)
C. FUENTES	*Apollon et les putains* (Folio n° 3928)
C. FUENTES	*La Desdichada* (Folio n° 4640)
GANDHI	*La voie de la non-violence* (Folio n° 4148)
F. GARCÍA LORCA	*Romancero gitan* suivi de *Chant funèbre pour Ignacio Sanchez Mejias* (Folio n° 5061)
R. GARY	*Les trésors de la mer Rouge* (Folio n° 4914)
R. GARY	*Une page d'histoire* et autres nouvelles (Folio n° 3753)

J.-B. GENDARME	*Petit éloge des voisins* (Folio n° 5125)
MADAME DE GENLIS	*La Femme auteur* (Folio n° 4520)
A. GIDE	*Souvenirs de la cour d'assises* (Folio n° 4842)
J. GIONO	*Arcadie… Arcadie...* précédé de *La pierre* (Folio n° 3623)
J. GIONO	*Notes sur l'affaire Dominici* suivi de *Essai sur le caractère des personnages* (Folio n° 4843)
J. GIONO	*Prélude de Pan* et autres nouvelles (Folio n° 4277)
V. GOBY	*Petit éloge des grandes villes* (Folio n° 4620)
N. GOGOL	*Une terrible vengeance* (Folio n° 4395)
W. GOLDING	*L'envoyé extraordinaire* (Folio n° 4445)
W. GOMBROWICZ	*Le festin chez la comtesse Fritouille* et autres nouvelles (Folio n° 3789)
H. GUIBERT	*La chair fraîche* et autres textes (Folio n° 3755)
E. HEMINGWAY	*L'étrange contrée* (Folio n° 3790)
E. HEMINGWAY	*Histoire naturelle des morts* et autres nouvelles (Folio n° 4194)
E. HEMINGWAY	*La capitale du monde* suivi de *L'heure triomphale de Francis Macomber* (Folio n° 4740)
C. HIMES	*Le fantôme de Rufus Jones* et autres nouvelles (Folio n° 4102)
E. T. A. HOFFMANN	*Le Vase d'or* (Folio n° 3791)
A. HUXLEY	*Le jeune Archimède* précédé de *Les Claxton* (Folio n° 4915)
J.-K. HUYSMANS	*Sac au dos* suivi de *À vau l'eau* (Folio n° 4551)
P. ISTRATI	*Mes départs* (Folio n° 4195)

H. JAMES	*Daisy Miller* (Folio n° 3624)
H. JAMES	*Le menteur* (Folio n° 4319)
H. JAMES	*De Grey, histoire romantique* (Folio n° 4957)
R. JAUFFRET	*Ce que c'est que l'amour* et autres microfictions (Folio n° 4916)
JI YUN	*Des nouvelles de l'au-delà* (Folio n° 4326)
T. JONQUET	*La folle aventure des Bleus...* suivi de *DRH* (Folio n° 3966)
F. KAFKA	*Lettre au père* (Folio n° 3625)
P. KÉCHICHIAN	*Petit éloge du catholicisme* (Folio n° 4958)
J. KEROUAC	*Le vagabond américain en voie de disparition* précédé de *Grand voyage en Europe* (Folio n° 3694)
J. KESSEL	*Makhno et sa juive* (Folio n° 3626)
J. KESSEL	*Une balle perdue* (Folio n° 4917)
R. KIPLING	*La marque de la Bête* et autres nouvelles (Folio n° 3753)
N. KUPERMAN	*Petit éloge de la haine* (Folio n° 4789)
J.-M. LACLAVETINE	*Petit éloge du temps présent* (Folio n° 4484)
MADAME DE LAFAYETTE	*Histoire de la princesse de Montpensier* et autres nouvelles (Folio n° 4876)
J. DE LA FONTAINE	*Comment l'esprit vient aux filles* et autres contes libertins (Folio n° 4844)
LAO SHE	*Histoire de ma vie* (Folio n° 3627)
LAO SHE	*Le nouvel inspecteur* suivi de *Le croissant de lune* (Folio n° 4783)
LAO-TSEU	*Tao-tö king* (Folio n° 3696)

V. LARBAUD	*Mon plus secret conseil...* (Folio n° 4553)
B. LECLAIR	*Petit éloge de la paternité* (Folio n° 5126)
J. M. G. LE CLÉZIO	*Peuple du ciel* suivi de *Les bergers* (Folio n° 3792)
M. LERMONTOV	*La Princesse Ligovskoï* (Folio n° 4959)
LIE-TSEU	*Sur le destin* et autres textes (Folio n° 4918)
J. LONDON	*La piste des soleils* et autres nouvelles (Folio n° 4320)
P. LOTI	*Les trois dames de la Kasbah* suivi de *Suleïma* (Folio n° 4446)
H. P. LOVECRAFT	*La peur qui rôde* et autres nouvelles (Folio n° 4194)
H. P. LOVECRAFT	*Celui qui chuchotait dans les ténèbres* (Folio n° 4741)
P. MAGNAN	*L'arbre* (Folio n° 3697)
K. MANSFIELD	*Mariage à la mode* précédé de *La Baie* (Folio n° 4278)
MARC AURÈLE	*Pensées (Livres I-VI)* (Folio n° 4447)
MARC AURÈLE	*Pensées (Livres VII-XII)* (Folio n° 4552)
G. DE MAUPASSANT	*Apparition* et autres contes de l'étrange (Folio n° 4784)
G. DE MAUPASSANT	*Le Verrou* et autres contes grivois (Folio n° 4149)
I. McEWAN	*Psychopolis* et autres nouvelles (Folio n° 3628)
H. MELVILLE	*Les Encantadas, ou Îles Enchantées* (Folio n° 4391)
P. MICHON	*Vie du père Foucault – Vie de Georges Bandy* (Folio n° 4279)

H. MILLER — *Lire aux cabinets* précédé de *Ils étaient vivants et ils m'ont parlé* (Folio n° 4554)

H. MILLER — *Plongée dans la vie nocturne...* précédé de *La boutique du Tailleur* (Folio n° 3929)

R. MILLET — *Petit éloge d'un solitaire* (Folio n° 4485)

S. MINOT — *Une vie passionnante* et autres nouvelles (Folio n° 3967)

Y. MISHIMA — *Dojoji* et autres nouvelles (Folio n° 3629)

Y. MISHIMA — *Martyre* précédé de *Ken* (Folio n° 4043)

Y. MISHIMA — *Papillon* suivi de *La lionne* (Folio n° 4845)

M. DE MONTAIGNE — *De la vanité* (Folio n° 3793)

E. MORANTE — *Donna Amalia* et autres nouvelles (Folio n° 4044)

A. DE MUSSET — *Emmeline* suivi de *Croisilles* (Folio n° 4555)

A. DE MUSSET - G. SAND — *« Ô mon George, ma belle maîtresse... »* (Folio n° 5127)

V. NABOKOV — *Un coup d'aile* suivi de *La Vénitienne* (Folio n° 3930)

I. NÉMIROVSKY — *Ida* suivi de *La comédie bourgeoise* (Folio n° 4556)

P. NERUDA — *La solitude lumineuse* (Folio n° 4103)

G. DE NERVAL — *Pandora* et autres nouvelles (Folio n° 4742)

F. NIWA — *L'âge des méchancetés* (Folio n° 4444)

G. OBIÉGLY — *Petit éloge de la jalousie* (Folio n° 4621)

F. O'CONNOR	*Un heureux événement* suivi de *La Personne Déplacée* (Folio n° 4280)
K. OÉ	*Gibier d'élevage* (Folio n° 3752)
J. C. ONETTI	*À une tombe anonyme* (Folio n° 4743)
L. OULITSKAÏA	*La maison de Lialia* et autres nouvelles (Folio n° 4045)
C. PAVESE	*Histoire secrète* et autres nouvelles (Folio n° 5016)
C. PAVESE	*Terre d'exil* et autres nouvelles (Folio n° 3868)
P. PÉJU	*L'idiot de Shangai* et autres nouvelles (Folio n° 4960)
C. PELLETIER	*Intimités* et autres nouvelles (Folio n° 4281)
P. PELOT	*Petit éloge de l'enfance* (Folio n° 4392)
PIDANSAT DE MAIROBERT	*Confession d'une jeune fille* (Folio n° 4392)
L. PIRANDELLO	*Première nuit* et autres nouvelles (Folio n° 3794)
E. A. POE	*Aventure sans pareille d'un certain Hans Pfaall* (Folio n° 3862)
E. A. POE	*Petite discussion avec une momie* et autres histoires extraordinaires (Folio n° 4558)
G. POLET	*Petit éloge de la gourmandise* (Folio n° 5128)
J.-B. POUY	*La mauvaise graine* et autres nouvelles (Folio n° 4321)
M. PROUST	*L'affaire Lemoine* (Folio n° 4325)
M. PROUST	*La fin de la jalousie* et autres nouvelles (Folio n° 4790)

QIAN ZHONGSHU — *Pensée fidèle* suivi de *Inspiration* (Folio n° 4324)

R. RENDELL — *L'Arbousier* (Folio n° 3620)

J. RHYS — *À septembre, Petronella* suivi de *Qu'ils appellent ça du jazz* (Folio n° 4448)

MADAME RICCOBONI — *Histoire de M. le marquis de Cressy* (Folio n° 4877)

R. M. RILKE — *Au fil de la vie* (Folio n° 4557)

MADAME ROLAND — *Enfance* (Folio n° 5064)

P. ROTH — *L'habit ne fait pas le moine* précédé de *Défenseur de la foi* (Folio n° 3630)

J.-J. ROUSSEAU — *« En méditant sur les dispositions de mon âme... »* et autres *Rêveries* suivi de *Mon portrait* (Folio n° 5065)

D. A. F. DE SADE — *Ernestine. Nouvelle suédoise* (Folio n° 3698)

D. A. F. DE SADE — *Eugénie de Franval* (Folio n° 4785)

D. A. F. DE SADE — *La Philosophie dans le boudoir* (Les quatre premiers dialogues) (Folio n° 4150)

A. DE SAINT-EXUPÉRY — *Lettre à un otage* (Folio n° 4104)

G. SAND — *Pauline* (Folio n° 4522)

B. SANSAL — *Petit éloge de la mémoire* (Folio n° 4486)

J.-P. SARTRE — *L'enfance d'un chef* (Folio n° 3932)

B. SCHLINK — *La circoncision* (Folio n° 3869)

B. SCHULZ — *Le printemps* (Folio n° 4323)

L. SCIASCIA — *Mort de l'Inquisiteur* (Folio n° 3631)

COMTESSE DE SÉGUR — *Ourson* (Folio n° 5066)

SÉNÈQUE	*De la constance du sage* suivi de *De la tranquillité de l'âme* (Folio n° 3933)
MADAME DE SÉVIGNÉ	*« Je vous écris tous les jours... »* (Folio n° 4878)
D. SHAHAR	*La moustache du pape* et autres nouvelles (Folio n° 4597)
G. SIMENON	*L'énigme de la* Marie-Galante (Folio n° 3863)
D. SIMMONS	*Les Fosses d'Iverson* (Folio n° 3968)
J. B. SINGER	*La destruction de Kreshev* (Folio n° 3871)
P. SOLLERS	*Liberté du XVIII*ème (Folio n° 3756)
MADAME DE STAËL	*Trois nouvelles* (Folio n° 4879)
G. STEIN	*La brave Anna* (Folio n° 4449)
J. STEINBECK	*Le meurtre* et autres nouvelles (Folio n° 4846)
STENDHAL	*Féder ou Le Mari d'argent* (Folio n° 4197)
R. L. STEVENSON	*La Chaussée des Merry Men* (Folio n° 4744)
R. L. STEVENSON	*Le Club du suicide* (Folio n° 3934)
I. SVEVO	*L'assassinat de la Via Belpoggio* et autres nouvelles (Folio n° 4151)
B. SVIT	*Petit éloge de la rupture* (Folio n° 4961)
G. SWIFT	*Le sérail* et autres nouvelles (Folio n° 5017)
R. TAGORE	*Aux bords du Gange* et autres nouvelles (Folio n° 5018)
R. TAGORE	*La petite mariée* suivi de *Nuage et soleil* (Folio n° 4046)
J. TANIZAKI	*Le coupeur de roseaux* (Folio n° 3969)

J. TANIZAKI	*Le meurtre d'O-Tsuya* (Folio n° 4195)
J. TANIZAKI	*Le pont flottant des songes* (Folio n° 4919)
A. TCHEKHOV	*Une banale histoire* (Folio n° 4105)
A. TCHEKHOV	*Un royaume de femmes* suivi de *De l'amour* (Folio n° 4847)
H. D. THOREAU	*« Je vivais seul, dans les bois »* (Folio n° 4745)
L. TOLSTOÏ	*Le réveillon du jeune tsar* et autres contes (Folio n° 4199)
I. TOURGUÉNIEV	*Clara Militch* (Folio n° 4047)
M. TOURNIER	*Lieux dits* (Folio n° 3699)
M. TOURNIER	*L'aire du Muguet* précédé de *La jeune fille et la mort* (Folio n° 4746)
E. TRIOLET	*Les Amants d'Avignon* (Folio n° 4521)
F. TRISTAN	*Promenades dans Londres* (Folio n° 4711)
M. TWAIN	*Un majestueux fossile littéraire* et autres nouvelles (Folio n° 4598)
J. UPDIKE	*Publicité* et autres nouvelles (Folio n° 4962)
MARGUERITE DE VALOIS	*Mémoires (1569-1577)* (Folio n° 5067)
M. VARGAS LLOSA	*Les chiots* (Folio n° 3760)
P. VERLAINE	*Chansons pour elle* et autres poèmes érotiques (Folio n° 3700)
P. VERLAINE	*L'Obsesseur* précédé d'*Histoires comme ça* (Folio n° 5129)
MADAME DE VILLENEUVE	*La Belle et la Bête* (Folio n° 5068)
L. DE VILMORIN	*Sainte-Unefois* (Folio n° 5069)

Composition Interligne
Impression Novoprint
à Barcelone, le 5 décembre 2010
Dépôt légal : décembre 2010
1er dépôt légal dans la collection: novembre 2001

ISBN 978-2-07-042211-1./Imprimé en Espagne.

181821